JULIA KRAFT

(UN-) AUSGESPROCHEN ICH

novum pro

www.novumverlag.com

Bibliografische Information
der Deutschen Nationalbibliothek:

Die Deutsche Nationalbibliothek
verzeichnet diese Publikation in
der Deutschen Nationalbibliografie.
Detaillierte bibliografische Daten
sind im Internet über
http://www.d-nb.de abrufbar.

Alle Rechte der Verbreitung,
auch durch Film, Funk und Fernsehen,
fotomechanische Wiedergabe,
Tonträger, elektronische Datenträger
und auszugsweisen Nachdruck,
sind vorbehalten

Gedruckt in der Europäischen Union
auf umweltfreundlichem, chlor- und
säurefrei gebleichtem Papier.

© 2023 novum Verlag

ISBN 978-3-99146-025-1
Lektorat: Caroline Siewert
Umschlagfoto:
Fotokitas | Dreamstime.com
Umschlaggestaltung, Layout & Satz:
novum Verlag

www.novumverlag.com

*Für mein Vorbild, meinen Vater,
der mich das Kämpfen gelehrt hat.
Du fehlst unsagbar!*

*Just when the caterpillar thought her life was over,
she began to fly.*

Inhaltsverzeichnis

Vorspann 13

Todessehnsucht, die erste 18

Zwischenwelt, Teil 1 25

Die erste Wende 31

Zwischenwelt, Teil 2 34

Gefangen, Teil 1 36

Gefangen, Teil 2 42

Gefangen, Teil 3 47

Zwischenwelt, Teil 3 52

Todessehnsucht, die zweite 56

Die zweite Wende 63

Die dritte Wende 68

Danksagung 74

Sommer 2022. Ich sitze in meiner neuen Wohnung im 10. Bezirk. Vom Küchentisch kann ich auf meinen wundervoll grünen Balkon blicken. Mein 39. Geburtstag naht. Vor einem Jahr, an meinem 38. Geburtstag, war ich mir sicher, dass ich den nächsten nicht erleben würde. Und trotzdem bin ich noch da. Zum Glück habe ich mich geirrt.

Vorspann

Soweit ich mich erinnern kann, begann alles vor drei Jahren. Sommer 2019. Ich hatte einen anstrengenden Schulschluss gehabt. zwei Maturaklassen, 22 KandidatInnen bei der schriftlichen Matura, neun bei der mündlichen, einen Diplomarbeitskandidaten. Ich hatte zig Stunden in die Vorbereitung der Prüfungen gesteckt, ohne Zweifel hatte ich meine SchülerInnen an Gewissenhaftigkeit um Längen überboten. Ich wollte nicht nur, dass meine KandidatInnen bei den Prüfungen glänzten, sondern wollte auch selbst als kompetente Prüferin überzeugen. Was mir auch gelang.

Den Sommer danach nutzte ich für ausgiebiges Reisen. Zuerst ging es zwei Wochen mit meiner Freundin Karoline nach Kap Verde. Sommer, Sonne, Strand, gutes Essen, offene Menschen, gute Gespräche. Danach reiste ich mit meinen Eltern und meinem Bruder Philipp nach Seattle. Dort trafen wir meine Schwester Nina, die zu der damaligen Zeit in den USA lebte. Wir verbrachten eine überraschend harmonische und sehr spannende Woche in Seattle. Danach reiste ich mit meinem Bruder weiter. Wir besuchten San Francisco, Las Vegas, den Grand Canyon und L.A. Eine Reise der Superlative.

Als ich zurückkam, kämpfte ich mit dem Jetlag. Und es überkam mich eine merkwürdige Niedergeschlagenheit, die ich mir nicht erklären konnte. Ich hatte doch gerade den besten Sommer meines Lebens verbracht! Genau genommen hatte es schon auf dem Rückflug nach Wien begonnen, dieses Gefühl unendlicher Traurigkeit. Ich begann also wieder zu meiner Therapeutin Frau Stein zu gehen, die ich immer wieder mal aufgesucht hatte, wenn ich das Gefühl hatte, an einem Thema arbeiten zu müssen.

Ich erinnere mich noch ganz deutlich an eine Sitzung Anfang September. Ich hatte das Thema Tod angesprochen, es ging mir nicht mehr aus dem Sinn, aber ich wusste nicht, warum. Als ich aus der Therapie hinausging, sah ich, dass meine Mutter angerufen hatte. Ich rief sie zurück und sie erzählte mir, dass bei meinem Vater nach einer Blinddarmentzündung Dickdarmkrebs festgestellt worden war. Ich brach mitten auf der Straße in lautes Schluchzen aus. Eine Passantin legte mir tröstend ihre Arme um die Schultern.

Meine Gedanken an den Tod interpretierte ich nun als Vorahnung. Mein Vater war schwerkrank, und wie wir bald von seinem Arzt erfahren würden, waren die Aussichten schlecht. Er hatte Krebs im Stadium IV, und noch dazu einen sehr aggressiven. Das mit der Vorahnung war natürlich Unfug. Es war schlicht ein Zufall, dass sich die Krankheit meines Vaters mit meiner beginnenden Krise überschnitt. Zumindest sehe ich das heute so.

Von da an lautete die Parole: Durchhalten, stark sein – für Papa! Der Herbst brachte einige anstrengende Projekte in der Schule, und am Anfang der Herbstferien wünschte ich mir bereits, dass das Schuljahr vorbei wäre, so erschöpft war ich. Im Dezember hatte ich eine sogenannte Hinterhauptblockade, eine Folge von schweren Verspannungen. Mein Vater machte gerade seine erste Chemotherapie, es schien ihm gut zu gehen.

Zu Silvester lernte ich dann Ernst kennen. Das gab mir für eine Weile richtig viel Auftrieb. Es war schön, wieder verliebt zu sein. Wie lange hatte ich dieses Gefühl vermisst! Doch schon bald kam Corona und damit eine ziemlich herausfordernde Zeit für die Schulen, die SchülerInnen und die Lehrkräfte. Aber auch dieses Schuljahr ging zu Ende und ich freute mich auf die Sommerferien.

Nach einem Kurzurlaub in Kärnten mit meiner Freundin Petra wollte ich ein paar Tage im Burgenland bei meinen Eltern verbringen. Da erreichten uns gleich zwei schlechte Nachrichten: Die Bank, bei der mein Vater gearbeitet hatte, war pleite gegangen. Am selben Tag erfuhr mein Vater, bei dem leider nach der ersten Chemotherapie Metastasen festgestellt worden waren, dass er für eine innovative Spezialbehandlung nicht in Frage kam. Er war am Boden zerstört und mit ihm die gesamte Familie.

Wir bündelten unsere Kräfte und nutzten den Sommer, um meinem Vater dabei zu helfen, sich zu stabilisieren. Wir begleiteten ihn zu Arztbesuchen, insbesondere zu Besuchen bei einem sogenannten Immunologen, der meinem Vater allerlei Vitamine und Nahrungsergänzungsmittel empfahl. Es war eine unüberschaubare Menge an Informationen. Mein Vater sollte am Tag an die 30 verschiedene Medikamente einnehmen. Ich schrieb ihm einen liebevoll gestalteten Einnahmeplan, um ihn zu motivieren, las Bücher über die richtige Ernährung für KrebspatientInnen und meine Mutter kochte dann nach diesen Vorschlägen.

Es war kein schöner Sommer, aber ein sehr intensiver. Wenn ich nach Wien fuhr und mit Freundinnen ausging, hatte ich fast ein schlechtes Gewissen, dass ich mich amüsierte, Alkohol trank und rauchte, mich also eigentlich vergiftete, während mein Vater in jeder Hinsicht mit Entbehrungen konfrontiert war.

Dazu kam, dass Ernst sich ab Juni immer mehr zurückgezogen hatte. Woran es lag, wusste ich nicht. Den Sommer über sah ich ihn fast gar nicht, und ich litt sehr darunter, nicht mit ihm sprechen zu können und keine Erklärung für sein distanziertes Verhalten zu haben.

Im Herbst 2020 näherten wir uns wieder an. Was so viel bedeutete wie: Ich nahm ihn bereitwillig und überglücklich zurück, als er sich mit einem halbherzigen SMS meldete. Auch mit meinem Vater ging es bergauf. Er wurde nun in einem Spital in Wien behandelt, wo wir dank einem seiner Kollegen einen Platz bekommen hatten, und er schien gut auf die zweite Chemotherapie anzusprechen. Das wurde uns im Jänner 2021 von seinem Arzt bestätigt. Wir konnten erleichtert aufatmen und mein Vater bekam eine Pause von den Behandlungen.

Gleichzeitig wussten wir aber, dass die Metastasen nur kleiner geworden und nicht verschwunden waren. Sie konnten also in der chemotherapiefreien Zeit wieder wachsen. Doch diesen Gedanken wischte ich erstmal weg. Im Februar und März hatte ich ein deutliches Hoch. Ich fühlte mich energiegeladen, dynamisch und sprühte vor Ideen. Es sollte leider das letzte Mal für eine lange Zeit sein.

Ab April ging es plötzlich bergab, ohne dass sich etwas Ausschlaggebendes in meinem Leben verändert hatte. Ich erinnere mich, dass ich am Ende der Osterferien so erschöpft war, als hätte ich gar keine gehabt. Meine letzte Reise lag gefühlte Ewigkeiten zurück und ich hatte die Ferien praktisch durchgearbeitet. Ich war zickig und unausgeglichen. Das bekam Ernst ab, der sich aber sehr geduldig und verständnisvoll zeigte.

Im Mai kam dann die Hiobsbotschaft: Die Metastasen meines Vaters waren wieder gewachsen, er stand nun vor seiner dritten Chemotherapie. Ich besuchte ihn am selben Tag im Krankenhaus und fand ihn in Tränen aufgelöst vor. Es brach mir das Herz, ihn so zu sehen. Er hatte keine Kraft mehr, zu kämpfen, und ich wusste nicht, wie und ob ich ihn überhaupt zum Durchhalten motivieren sollte. Als ich das Krankenzimmer verließ, blickte ich zurück und er sah aus wie ein hilfloser, schutzbedürftiger kleiner Junge. So gerne hätte ich ihm geholfen oder ihm gesagt, dass alles gut werden würde.

Dann kam die schriftliche Matura, und ich hatte den Vorsatz gefasst, in diesem Jahr nicht so genau wie sonst zu korrigieren. Ich verbrachte sonst immer enorm viel Zeit mit den Korrekturen, perfektionistisch wie ich eben war. Es gelang mir nicht, meinen Vorsatz umzusetzen. Da ich schon relativ ausgelaugt war, dauerte das Korrigieren noch länger. Ich zwang mich an den Schreibtisch und peinigte mich selbst mit den Korrekturen. Als ich es hinter mir hatte, feierte ich exzessiv und trank viel Alkohol, um in eine ausgelassene Stimmung zu kommen. Was nur dazu führte, dass es mir am nächsten Tag doppelt oder dreifach mies ging.

Einen Monat musste ich noch bis zu den Sommerferien durchhalten. Ich spürte bereits, dass mir die Kräfte ausgingen. *Eigentlich müsste ich mich den gesamten Juni krankmelden*, sagte ich einmal zu Ernst. In Wahrheit wusste ich also sehr wohl, dass es langsam eng wurde, aber ich gestand es mir einfach nicht zu. Außerdem stand die Pensionierung meiner langjährigen Mentorin und Freundin Petra vor der Tür. Und ich wollte dazu beitragen, sie gebührend zu verabschieden – bei einem kleinen Fest mit netten Überraschungen innerhalb der Fachgruppe und bei der offiziellen Verabschiedung vor dem gesamten Kollegium, wo ich gemeinsam mit der Direktorin eine Rede hielt.

Und dann waren endlich die Sommerferien da. Ich schlief viel, las, traf mich mit Freundinnen und besuchte meinen Vater im Krankenhaus. Ich spürte, dass ich nicht so entspannt war, wie ich eigentlich angesichts der Ferien hätte sein können oder sollen. In Gesellschaft von anderen fühlte ich mich oft merkwürdig, nicht ganz da, und ich brauchte viel Zeit für mich alleine.

Todessehnsucht, die erste

Ende Juli 2021 war der 65. Geburtstag meines Vaters. Er hatte zuvor schon ein paar Mal gesagt, dass das vermutlich sein letzter werden würde. Also sollte er großartig werden! Meine Schwester reiste aus den USA an und mein Bruder und ich holten sie vom Flughafen ab. Da merkte ich zum ersten Mal, dass ich kognitive Aussetzer hatte. Ich verwechselte gleich zwei fremde Frauen mit Nina. Philipp lachte mich aus, und ich dachte mir nicht viel dabei.

Meine Akne war wieder voll im Aufblühen, und das machte mir sehr zu schaffen. Ich fühlte mich unattraktiv und war frustriert. Gleichzeitig schämte ich mich, dass ich mir wegen solcher Kleinigkeiten Gedanken machte, während mein Vater immer dünner wurde und immer schlechter aussah. Dass ich mich unrund fühlte, merkte man auch daran, dass ich an den Tagen rund um seinen Geburtstag, an denen ich im Burgenland war, das Gefühl hatte, krank zu werden. Ich machte einen Coronatest, negativ. Dann glaubte ich, dass eine Blasenentzündung im Anmarsch war. Ich machte viele Nachmittagsschläfchen, mit dem Ziel, mich zu erholen. Dann wieder hatte ich die Hoffnung, dass ich mich besser fühlen würde, wenn ich mich einmal so richtig ausheulen würde. Leider war dem nicht so, und es würde bis auf eine Ausnahme das letzte Mal sein, dass ich weinen konnte.

Am Tag nach dem Geburtstag meines Vaters, es war ein Samstag, wollten meine Eltern und meine Geschwister zusammen grillen. Mein Bruder war bereits im Garten und bereitete den Grill vor. Meine Mutter bat mich, einen Tomatensalat zu machen, den ich im Vorjahr so gerne zubereitet hatte. Ich nahm die Tomaten und das Messer in die Hand, aber nach wenigen Minuten konnte ich plötzlich nicht mehr weitermachen. Ich schaffte es nicht einmal, die Tomaten zu schneiden. Ich war völlig unnütz! An diesem Tag realisierte ich es zum ersten Mal und sagte es auch zu meiner Mutter: *Mit mir stimmt etwas nicht.*

Meine Mutter reagierte sehr verständnisvoll und holte mir pflanzliche Beruhigungsmittel aus der Apotheke. *Das sind nur die Nerven*, sagte sie tröstend zu mir. Die Tabletten bewirkten genau gar nichts, außer, dass ich das Gefühl hatte, ein Bündel Lavendel geschluckt zu haben. Beim Mittagessen brachte ich kaum einen Bissen hinunter, während alle anderen genüsslich schlemmten. Mein Vater beobachtete mich und sagte mit einem Hauch Vorwurf und einem Hauch Sorge in der Stimme: *Heute gefällst du mir gar nicht.* Ich schämte mich, dass ich „es", was auch immer es war, nicht besser verstecken konnte.

Ich hatte das Gefühl, dass es mir den Boden unter den Füßen wegzog. Meine Gedanken wirbelten durcheinander. Ich beschloss, alles, was mir durch den Kopf ging, aufzuschreiben, um in der nächsten Woche mit meiner Therapeutin darüber zu sprechen. So sahen meine Notizen aus:

Ich bin eigentlich nicht da, zumindest nicht da, wo die anderen sind – ich lebe in einer anderen Welt; vielleicht war das schon immer so?
Angst:
Angst, verrückt zu werden
Angst, zu sterben; aber gleichzeitig der Wunsch, dass „es" aufhört
Angst, alles zu verlieren, was ich habe (Job, Freundinnen, Partner)
Alles, einfach alles macht mir Angst und ich kann mich nicht mehr selbst beruhigen
Ich habe so lange auf die Liebe gewartet und nun muss ich sie wieder hergeben!!! Ich kann ihm das nicht zumuten, ich kann mich selbst niemandem zumuten
Ich habe das Gefühl, alles verlernt zu haben: z.B. wie man Rad fährt, kocht, lacht
Ich habe mich selbst verloren – oder nie gefunden???
Schmerz, der zu groß ist für mich
Überall um mich ist Leid und Schmerz, andere Menschen können so viel tragen und ich nicht
Es passiert so viel wirklich Schlimmes und ich hatte immer so ein schönes Leben und wusste nicht, an welch seidenem Faden es hing
Scham, dass ich so egoistisch bin; dass ich meiner Familie das antue; ich fühle mich wie die größte Versagerin auf Erden, ich mache alles

falsch, einfach alles; ich fühle mich wertlos und nicht liebenswert – ich liebe mich selbst nicht
Meine Gedanken kreisen nur noch um mich selbst! Und mein Vater merkt das langsam!
Ich kann nichts für meinen Vater tun, ich bin nutzlos wie ein Kind, das im Weg herumsteht
Ich staune darüber, dass und wie andere Menschen leben – warum kann ich das nicht? Warum bin ich so unfähig?
Ekel vor mir selbst
Das Gefühl, durch meine Akne entstellt zu sein (ich kann keinen Blick auf mir ertragen, ich möchte das Haus nicht mehr verlassen)
Das Gefühl, dass nichts je wieder gut wird; ich bin UNTRÖSTLICH
Antriebslosigkeit: jede Bewegung empfinde ich als anstrengend; ich warte darauf, dass es Nacht wird, damit ich schlafen gehen kann; ich will versinken in der Nacht
Appetitlosigkeit
Albträume
Teilweise Wahrnehmungsstörungen: ich sehe alles dunkler, als es normalerweise ist;
Auch Konzentrationsstörungen: ich kann (fast) kein zusammenhängendes Gespräch mehr führen, ich vergesse andauernd Dinge, die ich eigentlich weiß; ich kann einem Buch oder Film nicht folgen
WAS IST MIT MIR LOS??? ICH WILL, DASS ES AUFHÖRT!
ICH WEISS NICHT, WO ICH ANFANGEN SOLL
ICH KANN KEINEN KLAREN GEDANKEN FASSEN
Das ist das Ende meines Lebens, wie ich es kannte

Der letzte Satz hallt noch heute in mir nach. *Das ist das Ende meines Lebens, wie ich es kannte.* Er kam mir zwar theatralisch vor, als ich ihn noch einmal las, aber leider traf ich damit vollkommen ins Schwarze. Im kommenden Jahr sollte alles anders werden, kein Stein würde auf dem anderen bleiben.

Ich hoffte, dass es mir besser gehen würde, nachdem ich wieder zurück in Wien war, wenn ich ein wenig Abstand zu meinem

Vater hatte, so egoistisch das auch klingt. Mein Bruder brachte meine Schwester und mich am Sonntag nach Wien. Nina musste am nächsten Tag zu einem Vorstellungsgespräch nach Deutschland fliegen und wollte die Nacht in meiner Wohnung verbringen. Auf dem Weg nach Wien schlief ich erschöpft auf der Rückbank ein. In Wien angekommen schlug Philipp vor, noch ein Eis essen zu gehen. Ein wundervoller Einfall – unter normalen Umständen. Ich hielt es fast nicht mehr aus, auch noch ein Eis essen zu müssen, als wäre es eine unendliche Belastung und nicht ein Luxus, am Sonntagnachmittag mit den Geschwistern durch die Stadt zu flanieren.

In meiner Wohnung angekommen, telefonierte ich mit meiner Therapeutin. Nina war so rücksichtsvoll und machte währenddessen einen Spaziergang im nahegelegenen Augarten. Frau Stein schaffte es, mich ein wenig zu beruhigen. Aber wirklich ruhig war ich nicht.

An die darauffolgende Woche kann ich mich nicht mehr im Detail erinnern, nur an einzelne Momente. Ich besuchte zwei Mal meine Therapeutin. Außerdem versuchte ich, laufen zu gehen, was mir sonst immer gutgetan hatte, aber ich musste schon nach wenigen Kilometern aufgeben, weil ich mich so kraft- und antriebslos fühlte. Ich führte ein Telefonat mit einer Bekannten, die im Bildungsministerium arbeitete und mir ein nebenberufliches Jobangebot machen wollte. Ich erinnere mich, dass ich ihren Worten kaum folgen konnte, meine Kehle fühlte sich ausgetrocknet an, ich schaffte es nur hin und wieder, ein *Ja* und *Mhm* zu stammeln. Am liebsten hätte ich ins Telefon geheult.

Einmal traf ich meine Freundin Karoline. Ihr erzählte ich, dass ich das Gefühl hatte, plötzlich sei alles anders, so als hätte sich ein Vorhang zwischen mich und die Welt geschoben und als könnte ich nicht mehr am Leben teilhaben. Sie versuchte, mich zu trösten, und sagte, dass es mir wieder besser gehen würde. Ich glaubte ihr nicht, weil ich spürte, dass ich es diesmal mit etwas viel Größerem als je zuvor zu tun hatte.

Mein Verhalten wurde immer abstruser. Einmal gab es ein Gewitter und mir waren die Zigaretten ausgegangen. Ich lief im

Regen über die Straße und ließ mir aus dem Automaten eine Packung Camel heraus. Den Regen empfand ich als ultimative Bedrohung. Als ich in meiner Wohnung zurück war, hatte ich das Gefühl, dass ich gerade dem Tod entkommen war. Einmal streckte ich mich auf dem Boden aus und sagte zu mir in Gedanken: *So, jetzt stirbst du. Es ist aus mit dir.*

Ich beschloss, zum Hausarzt zu gehen und eine Blutuntersuchung machen zu lassen. Irgendetwas musste doch mit mir sein! Das war doch nicht normal! Im Warteraum der Ordination sank ich in mich zusammen und wieder hatte ich das Gefühl, dass ich sterben müsste. Ich erzählte meinem Hausarzt, wie schlecht es mir ging, doch die Blutuntersuchung ergab nichts. Er vermutete, dass es sich um Depressionen handelte, gab mir aber auch eine Überweisung für ein Schädel-MRT. Ich wünschte mir regelrecht, einen Hirntumor zu haben, damit ich mir mein seltsames Verhalten erklären konnte.

Zum MRT schaffte ich es aber nicht mehr, zumindest nicht unversehrt. An einem Morgen fiel mein Blick auf ein Küchenmesser und ich fragte mich, wie es sich wohl anfühlen würde, wenn ich es mir ins Herz oder in den Arm bohren würde. Entsetzt schüttelte ich den Gedanken wieder ab. Ich erzählte meiner Therapeutin davon und sie sagte: *Sie können stolz darauf sein, dass Sie es nicht getan haben.* Stolz konnte ich nicht wirklich empfinden. Ich war eher ein Gefäß voller Scham.

Am Freitag, den 30. Juli, ging ich vormittags in den Biomarkt einkaufen. Als ich im Laden stand, fiel mir nichts ein, was ich kaufen könnte, nichts, was ich mir kochen könnte. Ich fragte mich, was ich dort zu suchen hatte. Ich ging nach Hause und beschloss: *Jetzt ist Schluss.* Ich schnappte mir ein Küchenmesser und legte es neben mich auf den Küchentisch. Ich weiß nicht, wie viele Zigaretten ich noch rauchte, nur um Zeit zu gewinnen. Gleichzeitig aber sagte ich zu mir selbst: *Sei nicht so ein Weichei, zieh es durch! Du weißt, dass es keinen anderen Ausweg gibt.*

Aus Angst vor Schmerzen warf ich vorsorglich noch ein paar Schmerztabletten ein und dann schritt ich zur Tat. Ich schnitt mir in beide Handgelenke. Es war eine Riesenüberwindung, aber ich war überrascht, dass ich keinen Schmerz spürte. Ich schnitt tiefer und tiefer, auf der Suche nach den Pulsadern. Dabei betrachtete ich mit interessierter Aufmerksamkeit das Fleisch, das zum Vorschein kam. *So sieht also ein Arm von innen aus*, dachte ich mir. Die Schneidegeräusche waren allerdings eher unschön. Als ich glaubte, die linke Pulsader getroffen zu haben, streckte ich mich auf dem Küchenboden aus und wartete darauf, dass ich mehr Blut verlieren und mir schwindlig werden würde.

Zum Glück konnte mich dabei niemand sehen. Es war ein lächerliches Schauspiel. Ich hatte die linke Pulsader offensichtlich nur gestreift, denn nach kurzer Zeit kam aus beiden Wunden kein Blut mehr. Ich setzte mich auf und betrachtete frustriert mein Werk. Noch tiefer zu schneiden brachte ich nun aber nicht mehr fertig. *Sogar für den Selbstmord bist du zu unfähig*, herrschte ich mich selbst innerlich an.

Was nun? Irgendwie brauchte ich jetzt wohl Hilfe. In meiner Hektik rief ich die Rettung und sagte leider einen folgenschweren, weil missverständlichen Satz: *Eine innere Stimme hat mir befohlen, mir in die Unterarme zu schneiden.* Es hätte auch gereicht, wenn ich zum Hausarzt spaziert wäre, so viel Blut hatte ich ja nun wirklich nicht verloren. Die Rettung war in wenigen Sekunden da, verstärkt von fünf bis sechs PolizistInnen, die damit rechneten, einen Angreifer in der Wohnung oder eine schwer psychotische Person vorzufinden.

Als sie einen Überblick über die Situation gewonnen hatten, zog die Hälfte der Beamten wieder ab. Ich war dankbar und heilfroh, dass meine Nachbarin an diesem Tag arbeiten war. Ich hätte mich zu Tode geschämt für dieses Szenario. Die SanitäterInnen baten mich zu erzählen, was passiert war. Ich sah, wie sich ihre Blicke kreuzten und eine Sanitäterin leicht die Augen verdrehte. *Schon wieder so eine Irre* oder *Schon wieder so eine, die glaubt, man könne so leicht sterben*, schien sie sagen zu wollen.

Ich wurde ins Rettungsauto verfrachtet. Dort sollte ich mich auf der Liege ausstrecken. Ich konnte es nicht fassen, dass ich das wirklich getan hatte. Konnte ich denn noch tiefer sinken? Im Krankenhaus wurden meine Wunden versorgt. Ich entschuldigte mich bei der diensthabenden Ärztin dafür, dass sie ihre Zeit damit verplempern musste, meine Wunden zu nähen. Sie aber sagte nur: *Nein, ich liebe es, Wunden zu nähen!* Und ich dachte mir: *Was für eine seltsame Liebe.*

Danach wurde mir eine Psychiaterin geschickt, die mich befragte. Das Problem war nur, dass ich selbst nicht wusste, was eigentlich zu meinem unbeholfenen Selbstmordversuch geführt hatte. Was sollte ich dieser Frau erzählen? Ich hatte doch ein großartiges Leben, ich musste wohl verrückt sein. Ich merkte der Psychiaterin an, dass sie nicht recht schlau aus mir wurde. Sie sagte immer wieder: *Hmmm, merkwürdig.* Und ich dachte sofort: *Sie glaubt mir meine Geschichte nicht.* Angst erfasste mich.

Die Psychiaterin bot mir an, dass ich für eine Nacht in die Psychiatrie aufgenommen werden könnte. Aber davon wollte ich nichts wissen. Ich gehörte doch nicht in die Psychiatrie! Sie riet mir abschließend, mit dem Taxi heimzufahren, was ich auch machte, und eine gute Freundin anzurufen, was ich ebenfalls machte. Ich meldete mich noch im Taxi bei meiner langjährigen Freundin Elisa und hatte Glück, denn sie hatte an dem Abend Zeit.

Ich musste ein wenig auf Elisa warten und malte mir inzwischen aus, wie sie auf meine Neuigkeiten reagieren würde. Ich sah ihr Gesicht vor mir, wie es sich vor Entsetzen weitete, und rechnete damit, dass sie mir Vorwürfe machen würde. Ich konnte mir nicht vorstellen, dass man anders auf meine Missetat reagieren konnte. Zum Glück bewahrheiteten sich meine Befürchtungen überhaupt nicht. Elisa war weder entsetzt noch machte sie mir Vorwürfe, sondern sie tröstete mich und kümmerte sich liebevoll um mich. Das war ein Riesenglück, denn vermutlich hätte ich es allein mit mir in der Wohnung an diesem Abend nicht ausgehalten. Zum ersten Mal seit Tagen konnte ich in dieser Nacht wieder gut schlafen.

Zwischenwelt, Teil 1

Von nun an lebte ich in einer merkwürdigen Zwischenwelt. Ich war nicht tot, aber auch nicht lebendig. Ich war nur körperlich anwesend. Ganz verheimlichen konnte ich meinem Umfeld nicht, was ich getan hatte. Also erzählte ich es ein paar Freundinnen, was mich große Überwindung kostete. Auch Ernst erzählte ich, was passiert war. Er war schockiert, fiel aus allen Wolken. Ich hatte ein schlechtes Gewissen dabei, mein Umfeld zu belasten. Außerdem konnte ich mir ja selbst nicht erklären, was in mich gefahren war. Nur meine Familie durfte unter keinen Umständen erfahren, was ich getan hatte. Sie hatten alle schon genug zu tragen wegen der schweren Krankheit meines Vaters.

Als ich das erste Mal nach meinem gescheiterten Selbstmordversuch bei meiner Therapeutin war und ihr davon berichtete, riss sie entsetzt die Augen auf. *Na sehr gut. Und haben Sie auch noch meinen Namen angegeben?*, entfuhr es ihr. Da war sie also, die Reaktion, die ich befürchtet hatte, nur nicht gerade von meiner Therapeutin. Mich überfielen sofort Schuldgefühle. Hatte ich Frau Stein unabsichtlich in Gefahr gebracht? Könnte sie wegen so etwas ihre Lizenz verlieren? Eine perverse Situation, wie ich heute finde. Meine Therapeutin hatte meine Selbstmordgedanken nicht ernst genug genommen, und ich fühlte mich auch noch dafür verantwortlich.

In weiterer Folge sprach ich noch ein paar Mal über Selbstmord und Selbstmordgedanken, denn die waren keineswegs verschwunden. Meine Therapeutin entgegnete darauf zwei oder drei Mal: *Natürlich gibt es viele Menschen, die sich umbringen.* Das bedeutete quasi: *Entweder bringen Sie sich um oder Sie lassen es. Aber reden Sie nicht darüber.* Ich beschloss also, zu schweigen. Einmal bat sie mich, ein Bild zu finden für die Situation, in der ich mich befand. Ich sagte, dass ich mich fühlte, als wäre ich in einem dunklen Verlies eingesperrt, mutterseelenallein. Dann fragte sie mich, wie ich dahin gekommen sei. Ich antwortete, dass ich es nicht wisse. Darauf meine Therapeutin: *Mit übernatürlichen Phänomenen arbeite ich nicht. Also, wie sind Sie dahin gekommen?* Ich hatte nicht die geringste Ahnung, was ich darauf sagen sollte.

Frau Stein erklärte mir, dass ich mich in einer tiefgreifenden Veränderungsphase befand, womit sie sicherlich Recht hatte. Sie sagte mir, ich solle neugierig sein auf das, was kommen würde. Ich war aber nur zutiefst verängstigt und konnte mir überhaupt keine Zukunft vorstellen. Ich erzählte ihr, dass ich nichts tun konnte, was auch stimmte, denn ich verbrachte Stunden damit, an die Wand zu starren oder tagsüber im Bett zu liegen. Sie gab mir Lektüreempfehlungen, aber ich war Lichtjahre davon entfernt, ein Buch zu lesen. Ich sah nicht einmal einen Sinn darin, mich täglich zu duschen, sondern musste mich regelrecht dazu zwingen. Irgendwann gab ich es auf und erzählte meiner Therapeutin nur noch, was sie hören wollte.

Ähnlich war es mit meiner Psychiaterin, die ich über Frau Stein gefunden hatte. Ich begegnete ihr zum ersten Mal kurz nach meinem Selbstmordversuch. Sie verschrieb mir Antidepressiva und Beruhigungsmittel. Die ersten paar Tage war ich davon völlig übermüdet und desorientiert, was mir aber nur recht war. Am liebsten war es mir sowieso, zu schlafen und die Welt um mich herum vergessen zu können.

Dann musste ich die starken Beruhigungsmittel ausschleichen lassen. Heftige Angstgefühle überkamen mich. Meine Psychiaterin Frau Süß war zu der Zeit leider auf Urlaub. Ein paar Mal schrieb ich ihr oder rief sie an. Einmal, als es ihr offensichtlich zu viel wurde, belehrte sie mich: *Analysieren Sie nicht jeden Tag Ihren Gemütszustand.* Ich fragte mich, was ich stattdessen tun sollte. Ich wusste ja nicht, ob es normal war, wie ich mich fühlte. Des Öfteren sagte sie auch zu mir: *Eigentlich würden Sie in eine Klinik gehören.* Ich achtete nicht weiter darauf, aber heute frage ich mich, warum sie mir denn nicht riet, mich einweisen zu lassen, wenn sie schon erkannte, dass ich eigentlich besser in einer Klinik aufgehoben gewesen wäre.

Mein Hausarzt reagierte ebenfalls verständnislos. Als ich ihm meine Verletzungen zeigte, rief er aus: *Warum haben Sie das gemacht? Sie haben sich für immer entstellt!* Als ob mir das nicht klar gewesen wäre! Aus Jux und Tollerei hatte ich es jedenfalls nicht getan. Ich fühlte mich wie ein kleines Mädchen, das etwas angestellt hatte und dafür gerügt wurde.

Inzwischen war mein Vater wieder im Krankenhaus. Ich bemühte mich, normal zu wirken, und besuchte ihn einmal pro Woche. Natürlich entdeckte er meinen Verband, aber ich erzählte ihm, dass ich mit dem Fahrrad gestürzt sei. Er schüttelte nur leicht vorwurfsvoll den Kopf. Ich denke, dass er mir glaubte. Dieselbe Geschichte erzählte ich meinem Bruder, den ich einmal übers Wochenende besuchte. Er hatte es mir angeboten, nachdem er mitbekommen hatte, dass es mir nicht so gut ging. Ich hatte ein fürchterlich schlechtes Gewissen, weil ich Philipp ungern anlog, aber es war nicht der richtige Zeitpunkt, ihm alles zu erzählen. Das Wochenende tat mir ganz gut. Wir gingen gemeinsam essen und wandern und mein Bruder half mir sogar, einen Tagesplan zu erstellen, um mehr Struktur in meinen Alltag zu bringen. Leider sollte es mir in der Folge überhaupt nicht gelingen, mich daran zu halten.

Auch mit Ernst verbrachte ich mehr Zeit als sonst. Einmal nahm er mich übers Wochenende mit in sein Haus auf dem Land. Wir gingen wandern und während einer Pause überlegten wir gemeinsam, was zu meinem Zusammenbruch geführt haben könnte. Ich machte mir Notizen und schrieb mir ungefähr die folgenden Dinge auf: *Übersteigerter Perfektionismus, zu hohe Leistungsansprüche an mich selbst, ständiger Zeitdruck, ständige Überarbeitung, zu wenig Pausen, Gefühl, für alles in der Schule verantwortlich zu sein* usw. Ich erkannte also damals sehr wohl, was mir all die Jahre zuvor nicht gutgetan hatte. Heute, ein Jahr später, habe ich diese Ursachen in der Reha genauer erforscht. Dazu kommen noch: *Mangelnde Selbstfürsorge, Wunsch nach Anerkennung nur durch Leistung, Missachtung meiner Bedürfnisse, zu starke Orientierung an den Bedürfnissen und Anforderungen anderer.*

Nach diesem Wochenende redete ich mir ein, dass es mir schon besser ging und dass mein Selbstmordversuch ein blöder „Ausrutscher" gewesen war. Auf Empfehlung von Freundinnen hatte ich um eine Reha in Oberösterreich angesucht, die mir auch genehmigt wurde. Mit Schulbeginn würde ich in Krankenstand gehen, das hatte ich mit meiner Direktorin abgesprochen. Bei diesem Gedanken wurde mir ganz mulmig zumute. Es fühlte sich falsch an, einfach in Krankenstand zu gehen. Mein Platz war doch in der Schule!

Irgendwie brachte ich den Sommer hinter mich. Die Tage waren zäh wie Gummi. Ich empfand es als Frechheit, dass die Sonne schien, weil das so gar nicht zu meinem Gemütszustand und zum Gesundheitszustand meines Vaters passte. Viel konnte ich nicht tun. Lesen, laufen, Fitnessstudio, Freundinnen treffen – all das schaffte ich nicht oder nur in sehr geringem Ausmaß.

Also probierte ich ein paar Dinge aus. Ich stieg öfter auf mein Fahrrad und fuhr in der Stadt herum. Aber nachdem ich ein paar Mal eine rote Ampel übersehen hatte, bekam ich Angst, dass ich versehentlich einen Unfall bauen könnte, und ließ es wieder bleiben. Ich las im Internet über Depressionen, versuchte mich in der progressiven Muskelentspannung, hörte mir TED Talks übers Neinsagen und ähnlich gelagerte Themen an. Das hatte mir mein Bruder geraten.

Ernst schlug vor, ein Gefühlstagebuch zu führen. Also versuchte ich auch das. Irgendwann fand ich, dass ich immer dasselbe schrieb, und gab es auf. Hauptsächlich ging es in den Einträgen um Schuldgefühle und Ängste. Ein paar Beispiele:

Es passieren so viele schlimme Dinge auf der Welt, andere müssen so viel Leid ertragen und ich verzweifle an meinem schönen, privilegierten Leben – wie kann das sein? Ich fühle mich sehr egoistisch.

Ich wollte schon wieder nicht aufstehen, beim Aufwachen folgende Gedanken: Ich will, dass es aus ist und ich nie wieder aufwache.

Wieder Angst, dass es nie wieder anders wird, dass ich zu denjenigen gehöre, die es nicht schaffen; dass ich nicht mehr ins Leben zurückfinde. Ich fühle mich, als wäre das gar nicht mein Leben, meine Wohnung.

Ich habe Angst, Angst, Angst; ich schaffe das nicht; ich löse mich auf; es ist schrecklich, ich bin verzweifelt.
Ich habe das Gefühl, mir läuft die Zeit davon.
Heute würde ich mich am liebsten wieder ausknipsen.
Ich finde für nichts Ruhe, kann mich durch nichts ablenken, höchstens kurz. Ich muss aufhören zu grübeln, weil es nichts bringt, aber ich kann nicht.
Ich habe das Gefühl, alles falsch zu machen; ich sitze nur da und warte ab, verschiebe alle Tätigkeiten auf später.
Ich habe Angst, dass ich bald ganz allein bin, dass niemand mich mehr mag.

Weil ich das Gefühl hatte, von Ängsten aufgefressen zu werden, kaufte ich mir ein Hörbuch über Ängste, machte die darin enthaltenen Übungen und schrieb alles auf:

- *Ich habe Angst, dass Ernst mich verlässt.*
- *Ich habe Angst, dass wichtige Bezugspersonen krank werden oder einen Unfall haben.*
- *Ich habe Angst, dass ich selbst einen Unfall habe oder erkranke.*
- *Ich habe Angst, dass jemand in eine lebensgefährliche Situation kommt und ich nicht helfen kann (z.B. dass jemand vor meinen Augen einen Herzinfarkt oder Unfall hat, erstickt usw.).*
- *Ich habe Angst, dass ich qualvoll sterben muss.*
- *Ich habe Angst, dass ich allein leben muss.*
- *Ich habe Angst, dass andere Personen (z.B. Chefin, Kolleginnen, Freundinnen) mit mir schimpfen wegen meiner Unzulänglichkeit.*
- *Ich habe Angst, dass ich meine Bezugspersonen verliere.*
- *Ich habe Angst, dass ich meine Wohnung verliere.*
- *Ich habe Angst, dass ich an einen mir unbekannten Ort (z.B. Reha) komme und mich dort nicht wohlfühle, dort nicht zur Ruhe komme.*
- *Ich habe Angst, dass ich in einer unvorhergesehenen Situation nicht richtig reagiere (z.B. ein Kind fällt von einem Klettergerüst, ein Radfahrer stürzt).*
- *Ich habe Angst, dass ich meine Arbeit verliere und arbeitslos werde.*
- *Ich habe Angst, dass ich obdachlos werde und auf der Straße lande.*

- *Ich habe Angst, dass jemand etwas von mir verlangt, was ich nicht kann oder will.*
- *Ich habe Angst, dass mein Vater stirbt und ich nicht dabei bin (weil ich es nicht rechtzeitig schaffe oder weil ich gerade schlafe oder weil ich auf Reha bin).*

Die Übungen in dem Buch erforderten, dass man sich mit seinen Ängsten auseinandersetzte und sie sich vergegenwärtigte. Man sollte sich z.B. ausmalen, wie die Angst aussieht, welche Farbe und Form sie hat. Ich machte das alles brav, aber ich konnte mir nicht vorstellen, wie mir das helfen sollte. Ich besorgte mir kein weiteres Buch über Ängste und auch keines über Depressionen.

Die erste Wende

An meinem Geburtstag Ende August 2021 war ich nach langer Zeit wieder bei meiner Familie zu Besuch. Mein Vater war im Krankenhaus, aber an diesem Tag besuchte ihn ausnahmsweise niemand aus meiner Familie, denn meine Mutter, meine Schwester und mein Bruder wollten bei mir bleiben. Inzwischen hatten alle mitbekommen, dass es mir nicht sonderlich gut ging. Ich hatte das Gefühl, diese Aufmerksamkeit nicht zu verdienen. Als besonders schlimm empfand ich an diesem Tag all die lieben Nachrichten von Freundinnen, die mich per SMS oder WhatsApp erreichten. Auch die Geschenke, die ich von meinen Geschwistern bekam, beschämten mich. MIR sollte man doch wirklich nichts schenken, ich war die Mühe und das Geld nicht wert. Mich ließ der Gedanke nicht los, dass dies mein letzter Geburtstag sein würde, obwohl ich noch lange keinen konkreten Plan für einen weiteren Selbstmordversuch gefasst hatte.

Es muss ungefähr an meinem Geburtstag oder kurz danach gewesen sein, dass mich zwei wesentliche Erkenntnisse wie ein Blitz durchfuhren:

Erstens: *Aus diesem Leben komme ich lebendig nicht mehr raus. Wie furchtbar ist das denn? So habe ich mir das nicht vorgestellt. Mich hat keiner gefragt, ob ich überhaupt auf die Welt kommen will, und jetzt bin ich gezwungen, dieses Leben weiterzuleben, bis es aufhört?*

Zweitens: *An allem, was in meinem Leben schlecht gelaufen ist, muss ich selbst schuld sein. Eine andere Erklärung gibt es gar nicht. Wenn ich zurückblicke auf die Beziehungen, die ich hatte, dann war ich diejenige, die grausam war zu den Männern. Ich habe sie alle vergrault und einen Fehler nach dem anderen gemacht.*

Es machte plötzlich alles Sinn: Das Problem war nicht meine Krankheit, sondern ich! Ich war gar nicht krank, sondern einfach ein schlechter, unfähiger, fauler Mensch, der alle anderen ausnutzte, ohne dass sie es merkten. Dieser Gedanke setzte sich in mir fest und er blieb bis Mai, bis zu meinem zweiten Selbstmordversuch.

Damit war ich nun resistent für jeden Therapieansatz, denn ich glaubte ja nicht mehr daran, dass es mir schlecht ging, sondern war überzeugt davon, dass ich schlecht war. Und somit öffnete sich Tür und Tor für eine dauernde Selbstgeißelung, einen bislang ungekannten Selbsthass, der sich unbemerkt von allen Menschen in meinem Umfeld in mir ausbreiten konnte und mich fast vergiften würde.

Am Tag nach meinem Geburtstag bekam meine Mutter einen Anruf aus dem Krankenhaus. Mein Vater hatte nach ihr gefragt. Sie fuhr sofort los, und uns allen war klar: Nun geht es zu Ende. Wenig später rief meine Mutter meinen Bruder am Handy an. Wir sollten uns ins Auto setzen und ins Spital fahren, um uns zu verabschieden.

Als wir das Krankenzimmer betraten, brach mein Vater in Tränen aus. Viel konnte er nicht mehr sagen, er war schon zu schwach. Aber einen Satz brachte er heraus, den ich nie vergessen werde: *Ist es schon so weit?* Er spürte also, dass das Ende nahte, aber er hing noch so am Leben. Ein herzzerreißendes, verstörendes Szenario.

Es dauerte noch ein paar Tage, bis mein Vater starb. Einmal besuchten wir Geschwister ihn noch zu dritt, aber da konnte er gar nicht mehr sprechen. Ich weiß nicht, ob er merkte, dass wir da waren. Am 1. September fuhr meine Mutter wieder zu ihm, um ihn zu besuchen. Ich entschied spontan, mit ihr mitzukommen. Als wir im Krankenzimmer ankamen, hörten wir meinen Vater schwer atmen. Jetzt konnte es nicht mehr lange dauern. Wenige Stunden später war sein Todeskampf vorbei. Ich bin heute noch überglücklich, dass ich dabei war, als er gestorben ist. Das hat zwar ihm nicht geholfen, aber mir. Ich bin dem Schicksal dankbar, dass es mir diesen Wunsch erfüllt hat.

Nun begannen die Vorbereitungen für das Begräbnis. Ich wollte mich gerne einbringen, war aber heillos überfordert. Ich fühlte mich nutzlos, stand eigentlich nur ratlos im Weg herum. Meine Mutter war so unglaublich stark, mein Bruder so tatkräftig und entschlossen und meine Schwester hatte den Stress, dass sie kurz vor einer wichtigen Prüfung stand, auf die sie sich monatelang vorbereitet hatte. Und sie alle warfen die Nerven nicht weg. Die Einzige, die eigentlich nichts zu tun hatte, war ich. Und wieder fühlte ich mich schuldig.

Vor dem Begräbnis meines Vaters fürchtete ich mich. Ich hatte das Gefühl, mich nicht mehr in die Öffentlichkeit trauen zu können. Dementsprechend wollte ich auch nicht, dass meine Freundinnen zu dem Begräbnis kamen. Ich versuchte an dem Tag nach außen hin „normal" zu wirken und beobachtete meine Geschwister, um mich dann so wie sie zu verhalten. In meinen Gedanken war ich aber nicht richtig bei der Sache. Ich konnte nicht trauern, wie es sich gehörte.

An diesem Tag war es, dass bei mir verfolgungswahnartige Gedanken einsetzten. Ich hatte das Gefühl, dass all die Menschen, die auf dem Begräbnis waren, in meinen Kopf hineinsehen und meine Gedanken lesen konnten. Wussten sie schon, dass ich nur vorgab, eine von ihnen zu sein? Dass ich ein Wolf im Schafspelz war? Ich musste andauernd daran denken, dass ich mich vielleicht zum letzten Mal unentdeckt in meinem Heimatort aufhielt. Bald schon würde die Wahrheit auffliegen, ich würde mit Schimpf und Schande verjagt werden, meine Familie würde nichts mehr mit mir zu tun haben wollen. Auf mich warteten die Arbeits- und Obdachlosigkeit, das schien mir die logische Konsequenz zu sein.

So sehr ich mich auch bemühte, wie die anderen zu wirken, gelang es mir doch nicht, zu weinen, keine einzige Träne. Meine Cousins schluchzten herzergreifend, alle um mich herum kämpften mit den Tränen, nur meine Augen blieben staubtrocken. Klar, mit mir stimmte ja auch etwas nicht. Ich fühlte mich wie der größte Unmensch auf Erden.

Zwischenwelt, Teil 2

Nach dem Begräbnis hatte ich noch ca. zehn Tage Zeit bis zum Beginn meiner Reha in Oberösterreich. Je näher der Starttermin kam, desto mehr Bammel hatte ich. Ich konnte mir nicht vorstellen, dort allein ohne meine Familie und Freundinnen zurechtzukommen. Ich bildete mir ein, überhaupt noch nie etwas allein gemacht zu haben.

Ich schob die Vorbereitungen immer weiter hinaus, verbrachte ganze Tage im Bett. Nur zum Rauchen stand ich auf, danach legte ich mich sofort wieder hin. Mir war klar, dass das keine Lösung war, aber ich brachte es auch nicht fertig, irgendetwas anderes zu tun.

Wenn ich bei meiner Familie zu Besuch war, war es für alle offensichtlich, dass es mir nicht gut ging. Inzwischen hatte ich ziemlich viel Gewicht verloren, da ich keinen Appetit mehr hatte. Oftmals verspürte ich das Gefühl, mich meiner Familie mitteilen zu wollen. Ich wollte ein Geständnis ablegen, aber ich brachte es nicht über mich zu sagen: *Ich bin das Problem! Ich bin eine Betrügerin und Lügnerin. Ich bin gar nicht krank!*

Also redete ich hauptsächlich wirres Zeug. Ich sagte zum Beispiel, dass ich die Geschichte verfälscht hätte. Damit meinte ich, dass ich eigentlich nicht im Krankenstand, sondern in der Schule sein sollte. Um die durch meinen Ausfall offen gebliebenen Stunden abzudecken, war eine neue Kollegin aufgenommen worden. Das hätte aber eigentlich nicht passieren sollen, so war es nicht vorgesehen. Ich war einfach aus der echten Welt in eine Zwischenwelt gekippt und dort war ich nun gefangen, während alles weiterging wie bisher – nur eben ohne mich.

Das war das vermutlich Schlimmste an meinem damaligen Zustand: dass ich mich nicht ausdrücken konnte. Ich war sonst immer sehr gut im Formulieren gewesen und nun hatte ich plötzlich das Gefühl, meine Sprach- und Mitteilungsfähigkeit verloren zu haben. Aus heutiger Sicht war das eine schreckliche Situation und ich bin unendlich dankbar, dass mit der Besserung meines Zustands auch meine Ausdrucksfähigkeit wieder zurückgekommen ist.

Dass ich nicht in der Schule war, bereitete mir unendliche Gewissensbisse und Schuldgefühle. Ich träumte in dieser Zeit und auch in den nächsten Monaten sehr oft von der Schule und meinen Kolleginnen, meistens waren es Albträume. Ich fühlte mich wie eine Sozialschmarotzerin, ein faules, unnützes Mitglied der Gesellschaft. Ich hatte doch nichts, war also auch nicht berechtigt, zu leiden und zu Hause zu sitzen.

Gefangen, Teil 1

Der Reha-Starttermin kam in großen Schritten näher. Ich begann zu packen, hatte mir sicherheitshalber eine Liste gemacht, aber es dauerte ewig. Im Geheimen dachte ich bei mir: *Man kann sich nicht auf eine Reise vorbereiten, die man nicht antreten möchte.* Wenige Tage vor der Abreise bat ich voller Verzweiflung meine Mutter, mir beim Packen zu helfen. Das musste wohl der Tiefpunkt sein, dachte ich. *Eine fast vierzigjährige Frau, die ihre Mutter zum Packen braucht! Wie erbärmlich ist das denn?!* Das durfte niemand von meinen Freundinnen erfahren!

Am selben Abend traf ich meine Freundin Bianca. Ich hatte in diesem Sommer meine sozialen Kontakte auf ein Minimum heruntergeschraubt, aber meine Freundinnen ließen nicht locker, worüber ich heute natürlich sehr froh bin. Ich konnte nur leider in ihrer Gegenwart nicht entspannen, ich fühlte mich so falsch und fehl am Platz. Bianca und ich spazierten vom 2. Bezirk in den 9., wo wir in einem Lokal zu Abend aßen.

Auf dem Rückweg überfiel mich Angst. Wenn Bianca mich nun hier aus irgendeinem Grund stehen lassen würde, würde ich nicht mehr nach Hause finden. Es war wie viele meiner Gedanken ein völlig aus der Luft gegriffener und unberechtigter. Warum sollte Bianca mich verlassen? Es war meine Paranoia, die mir diesen Gedanken einflüsterte.

Außerdem ermutigte sie mich, mich voll auf die Reha einzulassen. Sie sah mir an, dass ich mich innerlich sträubte, und meinte: *Du hast lang genug ins System eingezahlt, jetzt darfst du dir auch etwas gönnen!* Ich war mir nicht sicher, ob sie das ernst meinte. Vielleicht hatte sie mich durchschaut und erkannt, dass ich eine Betrügerin war? Vermutlich weil sie mir die Schuldgefühle ansah, sagte sie noch: *Du bist krank, du hast ja niemanden umgebracht!* War das wirklich so? Ich dachte: *NOCH habe ich niemanden umgebracht, aber wenn meine Mutter erfährt, was ich getan habe, bekommt sie vielleicht einen Herzinfarkt, und dann bin ich schuld an ihrem Tod.* Ich sah mich also praktisch schon als zukünftige Mörderin und Kriminelle.

Und schließlich sagte Bianca noch einen Satz zu mir, den ich gleich wieder wahnhaft umdeutete. Sie hatte mitbekommen, dass ich die Tage vor unserem Treffen hauptsächlich in meiner Wohnung in meinem Bett verbracht hatte, und meinte: *Das nächste Mal, wenn es so weit ist, läute ich Sturm an deiner Tür. Ich weiß ja, wo du wohnst.* Oder so etwas in der Art. Bei mir schrillten die Alarmglocken, ich hörte sofort eine Drohung heraus. *Ich weiß, wo du wohnst.* Das stimmte! Im Grunde war ich nicht sicher, ich konnte mich nicht vor der Welt verstecken, man konnte mich aufspüren!

Am nächsten oder übernächsten Tag traf ich noch zum Abschied meine Freundinnen Beatrix und Karoline. Ich hielt die Treffen kurz, nicht weil ich sie nicht sehen wollte, aber weil ich es einfach in Gesellschaft schwer aushielt. Sie gaben mir liebe Worte und sogar Geschenke mit auf die Reise, und ich fühlte mich dadurch noch mieser. Ich konnte diese liebevolle Zuwendung nicht annehmen, denn ich sah mich als einzige wandelnde Enttäuschung für meine Freundinnen und meine Familie.

Die Tage und Stunden vor der Abreise wurden immer mehr zur Qual. Also bat ich in meiner Verzweiflung meinen Bruder, mich einen Tag früher aus Wien abzuholen. Er hatte nämlich netterweise angeboten, mich von Linz mit dem Auto zur Reha zu fahren. Ehrlich gesagt hätte ich den Weg dorthin niemals angetreten, wenn er mich nicht gefahren hätte. Zu groß war meine Angst vor dem Unbekannten.

Ich verbrachte also noch einen Abend und einen Tag in Philipps Wohnung. Da er Home Office machte, versuchte ich, leise und unauffällig zu sein. Die meiste Zeit lag ich mit einer Decke auf seiner Küchenbank. Ich wünschte mir, unsichtbar zu sein, mich aufzulösen. Alles, nur nicht in die Reha abgeschoben werden! Damals kam es auch dazu, dass ich Philipp als Ersten aus meiner Familie in mein Geheimnis einweihte. Ich zeigte ihm meine Narben und das verstörte ihn sehr. Nachträglich betrachtet war das ein großer Fehler, denn ich bürdete ihm eine Last auf, die schwer zu tragen war. Er war ja noch mitten in der Trauer um meinen Vater und ich belastete ihn zusätzlich.

Als die Nacht vor der Abreise kam, klammerte ich mich hartnäckig an den letzten Stunden in Freiheit fest. Ich wollte am liebsten die Zeit anhalten, es sollte nie wieder Tag werden. Philipp war sehr einfühlsam und verbrachte den Abend und die Nacht mit mir auf der Couch, damit ich nicht allein sein musste.

Und dann läutete doch irgendwann der Wecker und es ging los. Ich bettelte meinen Bruder an, mich nicht hinzufahren, doch das war natürlich aussichtslos. Er wollte mir Mut machen und sagte, dass es mir bestimmt dort gefallen würde. Als wir ankamen, sprach ja auch alles dafür: ein architektonisch schönes, modernes Gebäude auf einem kleinen Hügel inmitten einer bezaubernden Landschaft, dahinter ein schattiger Wald. Es war ein Traum, und ich hasste diese Schönheit von der ersten Sekunde an.

Es fiel mir schwer, mich von Philipp zu trennen. Nun war ich wirklich auf mich allein gestellt. Irgendetwas musste ich nun tun, also packte ich aus und brachte die ersten Termine, die auf meinem Tagesplan standen, hinter mich. Dazwischen ging ich immer wieder hinaus in den Raucherbereich. Dort waren natürlich auch andere PatientInnen, die mich freundlich begrüßten und versuchten, mich in ein Gespräch zu verwickeln. So kommunikativ ich früher immer gewesen war, so zurückhaltend war ich jetzt plötzlich. Ich wünschte mir wieder, unsichtbar zu sein und einfach meine Ruhe haben zu können.

Aber das war nun vorbei, ich konnte mich nicht mehr verstecken. Ich musste mich an die Tagespläne halten, zu vorgegebenen Zeiten essen gehen und an den Therapien teilnehmen. Was für eine Folter! *Jetzt sitze ich in der Falle, es gibt kein Entrinnen mehr!*, das sagte ich mir immer wieder vor. Ich musste Konversation mit Fremden machen, normal tun und nicht nur körperlich anwesend sein.

Dabei hatte ich das Glück, dass die Gruppe, in der ich gelandet war, sehr nett und herzlich war. Ich aber wollte nicht zu viel von mir preisgeben, aus Angst, dass ich als Betrügerin auffliegen könnte. Zwischen den Therapien versuchte ich mich, wann immer es ging, in mein Zimmer zurückzuziehen. Ich lag im Bett oder auf dem Entspannungsstuhl und hoffte, dass die Zeit zwischen den Therapien stehen bleiben würde.

Die ersten Abende verbrachte ich ebenfalls im Zimmer. Zum Glück hatte ich einen Fernseher, so konnte ich mich mit Trash-TV zudröhnen und von meinen Gedanken ablenken. Aber irgendwann wurde ich zwangsläufig besser mit meinen Gruppenmitgliedern bekannt und sie versuchten, mich in ihre abendlichen Treffen und in andere Aktivitäten zu integrieren. Ich wollte einerseits nicht Nein sagen, aber andererseits waren diese Menschenaufläufe die reinste Qual für mich.

In dieser Zeit telefonierte ich viel mit meiner Mutter und meiner Schwester Nina. Sie versuchten, mich aufzubauen und mich zu ermutigen, mich der Gruppe anzuschließen, aber ich jammerte ihnen nur jeden Tag dasselbe vor. Sie müssen sich angesichts meiner renitenten Art unendlich hilflos gefühlt haben. Ähnlich wird es meinem Bruder ergangen sein, der mich ebenfalls öfter anrief und sogar zwei Mal besuchte, da er ja in der Nähe wohnte. Ich erzählte ihm immer wieder dasselbe, er versuchte zuzuhören und darauf einzugehen, aber meine Gedanken verselbstständigten sich immer wieder und die meiste Zeit redete ich für ihn wirres Zeug.

Die Therapien gaben mir leider überhaupt nichts, denn ich war schlicht nicht aufnahmebereit. Ich nutzte das Zusatzangebot wie den Pool nicht, ging kaum im Wald spazieren, genoss das wirklich gute Essen nicht – mit einem Wort: Ich machte nichts, was ein normaler Reha-Gast so macht. Und auch das bereitete mir natürlich wieder Schuldgefühle. Ich verschwendete hier einfach so unnötig viel Steuergeld, denn der Aufenthalt brachte mir ja rein gar nichts. Was würde mein Vater zu meinem Verhalten sagen? Er hätte sich so sehr gewünscht, nach seiner zweiten Chemo eine Reha zu machen. Er hätte sie im Unterschied zu mir wirklich verdient!

Auf der Reha machte ich leider auch Bekanntschaft mit einer sehr unsensiblen Ärztin. Eines Tages musste ich einen Fragebogen ausfüllen und eine Frage davon betraf Suizidgedanken. Ich gab ehrlich an, dass sie auf einer Skala von 0 bis 10 bei 2 liegen würden, also grundsätzlich da, aber weit weg von irgendwelchen Ausführungsplänen. Kurze Zeit später wurde ich von einer Psychiaterin kontaktiert, die mich fragte, wie es mir gehe und warum ich Suizidgedanken habe. Das Problem war, dass ich es selbst nicht wusste. Ich sagte: *Ich habe das Gefühl, dass es von nun an nur mehr bergab gehen kann.*

Eigentlich eine typische Aussage für eine Person mit Depressionen, wie ich heute weiß. Aber die Ärztin verzog nur unbefriedigt den Mund und fragte spitz: *Warum denn das?* Was sollte ich denn darauf wieder sagen? Irgendwann stammelte ich mit trockenem Mund: *Ich frage mich, wo alles auf der Welt herkommt und wo es wieder hingeht.* Zugegeben, das war ungeschickt formuliert. Das gehörte ja auch zu meinen Problemen: dass ich, die ansonsten Wortgewandte, meine Gedanken und meinen Schmerz nicht wirklich verbalisieren konnte. Die Psychiaterin hätte aber zumindest nachfragen können, wie ich das meinte, aber stattdessen sagte sie nur spöttisch: *Na, haben wir heute unseren philosophischen Tag?* Da hatte ich wieder die Bestätigung: Meine Empfindungen waren unberechtigt, nicht einmal eine ausgebildete Ärztin konnte sich einen Reim darauf machen.

Die Tage und Wochen vergingen und langsam verspürte ich einen Zeitdruck. Es war bereits das Ende der dritten Reha-Woche, und ich hatte nicht den minimalsten Fortschritt gemacht. Eine Freundin hatte bereits kurz nach meiner Ankunft am Telefon zu mir gesagt: *Jetzt muss es endlich besser werden!* Aber es tat sich nun mal nichts. Ich wusste, dass mein Umfeld zu Hause die Erwartung hatte, dass ich nach dem Aufenthalt in Oberösterreich geheilt zurückkehren würde. Wie sollte ich das anstellen? Schauspielern, vorgeben, so tun, als ob? Dazu kam, dass nach den 6 Wochen ja auch mein Krankenstand endete und ich wieder in die Schule zurück musste. Es kam mir undenkbar vor, einfach dort wieder anzusetzen, wo ich aufgehört hatte.

Da ergab sich eine Gelegenheit, die ich für meine Rettung aus der Reha-Hölle nutzte. Nach drei Wochen kam mich meine Mutter besuchen. Ich schämte mich ein bisschen dafür, dass sie den Weg ganz allein mit öffentlichen Verkehrsmitteln hinter sich legen konnte, während ich nur mit der Hilfe meines Bruders in der Reha gelandet war. Der Gedanke, dass meine Mutter nach zwei Tagen wieder ohne mich nach Hause fahren würde, war plötzlich unerträglich für mich. Sie musste mich mitnehmen! Ich konnte nicht länger dortbleiben und allein würde ich es nicht schaffen, zu flüchten. Ich war schlicht nicht in der Lage, diesen Ort ohne Hilfe zu verlassen.

Also flehte ich meine Mutter an, mich mitzunehmen. Sie hielt natürlich zuerst überhaupt nichts von dieser Idee, aber irgendwann gab sie meinen unaufhörlichen Bitten nach. Sie musste mich sogar zum Abschlussgespräch mit dem Psychiater begleiten, um für mich zu sprechen, da ich nicht in der Lage gewesen wäre, mich gegen ihn durchzusetzen. *Meine arme Mutter*, dachte ich, *eigentlich hätte sie hier einen schönen Kurzurlaub verbringen können, und eigentlich hätte sie das mehr als verdient. Und stattdessen missbrauche ich ihre Stärke für meine Zwecke.* Das schlechte Gewissen lastete schwer auf mir, aber ich hatte das Gefühl, keine andere Wahl zu haben.

Gefangen, Teil 2

Mein Bruder war zu meinem Glück am Tag meiner „Flucht" im Home Office und holte meine Mutter und mich vom Reha-Hotel ab, um uns danach zum Zug zu bringen. Als wir den Ort verließen, atmete ich sofort auf. Aber meine Erleichterung dauerte nur kurz an. Nun stand ich vor dem nächsten Problem. Ich war auf keinen Fall bereit, in die „echte" Welt zurückzukehren. Also musste ich mich zunächst bei meiner Mutter verstecken.

Ohne sie wäre ich damals verloren gewesen. Ich brauchte sie, damit sie mich zu Arztterminen begleitete, allein wäre ich dazu nicht fähig gewesen. Die Ärztin, die meinen Hausarzt vertrat, weigerte sich, mich nach der Reha krankzuschreiben. Sie fand, ich sähe sehr fröhlich und lebendig aus. Da zeigte meine Mutter, was in ihr steckte, und erstritt durch Beharrlichkeit eine Krankschreibung. Den Ausschlag gab schließlich die Sprechstundenhilfe, die sich auf unsere Seite stellte. Wieder eine Ärztin, die die Augen verschloss.

Die Tage zwischen den Arztterminen waren eintönig und öd. Am liebsten lag ich im Bett oder saß im Wohnzimmer und starrte auf eine Pflanze am Fenster. In Gedanken zog ich mich in mein früheres Leben zurück. Ich erinnerte mich daran, wie es war, einen guten Kaffee zu genießen, unbeschwert zu lachen oder einfach nur die Seele baumeln zu lassen. All diese kleinen Freuden, die ich vielleicht nie richtig geschätzt hatte, waren nun vorbei.

Es war aus mit mir und meinem Leben. Ich war zu Hause bei meiner Mutter gefangen, aber ich hatte mich selbst in diese Gefangenschaft begeben. Nachdem sie an meinen Narben an den Handgelenken abgelesen hatte, was ich getan hatte, ließ sie mich natürlich nicht einfach nach Wien gehen. Ich konnte also nicht mehr entkommen, aber andererseits wollte ich das auch gar nicht. In meiner Wohnung in Wien wartete das schwarze Nichts auf mich. Es fiel mir nichts ein, was ich dort hätte tun können – außer vielleicht, mich umzubringen.

Insgesamt blieb ich drei Wochen bei meiner Mutter. Es war eine harte Zeit, besonders für sie. Sie versuchte, mich abzulenken, motivierte mich zu Spaziergängen, zwang mich zum Essen, weil ich freiwillig nichts zu mir genommen hätte. Aber ich machte es ihr sehr schwer, und sie verzweifelte mehrmals an meiner trotzigen Art. Ich weigerte mich nicht mehr nur innerlich, meine Krankheit zu akzeptieren, sondern sprach es auch aus: *Ich bin nicht krank, ich habe nichts!* Meine Mutter und mein Bruder, der auch manchmal zu Hause war, wiederholten gebetsmühlenartig: *Natürlich bist du krank!*

Des Öfteren sagte meine Mutter auch bestürzt zu mir: *Ich erkenne dich nicht wieder, du bist ein anderer Mensch! Du warst früher immer so selbstbewusst und selbstständig, hast dir in nichts dreinreden lassen.* Oder so ähnlich. Ich war mir da nicht so sicher. War ich wirklich diese Person gewesen oder hatte ich sie nur gespielt? War ich nicht schon immer eine feige Egoistin gewesen, die alle Menschen um sich herum ausnutzte?

Zwischendurch meldete sich immer wieder mein schlechtes Gewissen. Was ich meiner Mutter antat war unverzeihlich. Was wohl mein Vater sagen würde, wenn er das sehen könnte? Ich störte sie in ihrer Trauerarbeit und legte ihr eine weitere Last auf die Schultern. Das galt natürlich auch für meine Geschwister. Aber allein war die Last für mich nicht mehr zu (er)tragen.

Manchmal stritten wir auch, ich brachte meine Mutter durch meine stumme und hartnäckige Verweigerungshaltung des Öfteren zum Weinen. Leider konnte ich selbst immer noch nicht weinen, das hätte mir bei den Ärztinnen und Ärzten sicherlich geholfen, auf mehr Verständnis zu stoßen. Ich bestand nur mehr aus einer körperlichen Hülle, innerlich war ich wie abgestorben. Inzwischen habe ich gelernt, dass sich Depressionen bei manchen Menschen eben so äußern. Viele werden von Trauer übermannt und weinen viel, andere wie ich können gar nichts mehr empfinden und sind scheinbar gleichgültig.

In Momenten des Streits befürchtete ich, dass meine Mutter mich nach Wien schicken oder aus dem Haus werfen würde. Natürlich hätte sie das nie getan, das weiß ich, aber ich fand diese

Option nicht so unwahrscheinlich, da ich es ja nicht anders verdiente. Oft saß ich auf dem Balkon im Obergeschoß und rauchte ununterbrochen. Manchmal kam mir der Gedanke, hinunterzuspringen oder wegzulaufen, aber wohin sollte ich gehen? Wer konnte mir denn helfen?

Einmal rief meine Mutter aus Verzweiflung sogar die Rettung an, weil ich mich weigerte, meine Tabletten zu nehmen, nachdem ich entdeckt hatte, dass ein Medikament gegen psychotische Symptome helfen sollte. Ich war doch nicht psychotisch! Die Medikamente machten mich erst so richtig kaputt, das musste es sein! Zusätzlich weigerte ich mich, mit meiner Mutter nach Wien zu fahren, wo wir einen Arzttermin hatten. Die Rettungssanitäter wirkten auf mich auch ein wenig ratlos. Sie redeten sanftmütig auf mich ein und erklärten mir, dass die Ärztinnen und Ärzte mir helfen würden. Ich glaubte ihnen kein Wort, mir konnte keiner mehr helfen! Schließlich schluckte ich aus Mitleid mit allen Beteiligten, die sich so um mich bemühten, doch die Tabletten und ließ mich von meiner Mutter nach Wien mitnehmen.

Meine Zukunft stellte ich mir düster vor: Auf mich warteten die Einsamkeit, die Arbeits- und Obdachlosigkeit. Ich würde alles verlieren, wenn ich so weitermachte. Heute weiß ich, dass das Gefangensein in negativen Gedanken ein typisches Symptom einer Depression ist. Es nennt sich die depressive Triade. Sie besteht aus drei gedanklichen Verzerrungen: dem negativen Selbstbild, dem negativen Weltbild und der negativen Sicht auf die Zukunft. All das traf bei mir vollkommen zu.

Manchmal fragte ich mich, ob es nicht besser wäre, gleich die Obdachlosigkeit zu üben, und mit dem, was ich am Körper trug, einfach in die Finsternis hinauszugehen. Inzwischen war es Ende Oktober und in der Nacht schon sehr kalt. Ich fürchtete mich vor der Kälte und dem Erfrieren, also tat ich es nicht.

An anderen Tagen überlegte ich fieberhaft, ob ich mich nicht doch nach Wien davonschleichen sollte. Ich suchte im Haus nach etwas, mit dem ich mich schnell und unkompliziert umbringen könnte, wurde aber nicht fündig. Außerdem überwachte mich meine Mutter, das konnte ich ihr auch wieder nicht antun. Ernst traf ich in der Zeit überhaupt nicht, dazu war ich nicht in der Lage. Aber wir telefonierten öfters. Ich merkte, dass er sich bemühte, mir zuzuhören und Ratschläge zu geben, aber es war anstrengend mit mir. Einmal sagte er: *Ich habe das Gefühl, dass du dich noch nicht zwischen Leben und Tod entschieden hast.* Damit traf er den Nagel auf den Kopf.

Ich schaffte es auch nur selten, mit meinen Freundinnen zu telefonieren. Persönliche Treffen waren sowieso undenkbar. Jedes Telefonat war eine Qual, weil ich wirklich nicht mehr wusste, was ich sagen sollte. Es würde mich ja doch niemand verstehen. Ich brachte immer weniger heraus, mit viel Anstrengung presste ich ein paar Sätze hervor. So erging es mir auch in einem Telefonat mit meiner Chefin, die wissen wollte, worauf sie sich einstellen sollte und wie lange mein Krankenstand noch dauern würde. Ich hatte keine Ahnung, was ich sagen sollte. Dass ich eh nicht mehr lange zu leben hätte? Ich merkte die wachsende Ungeduld meiner Mitmenschen, ich machte es ihnen ja auch nicht leicht.

Inzwischen war es beschlossene Sache, dass ich einen stationären Aufenthalt im Donauspital auf der Psychiatrie absolvieren sollte. Das hatte meine Psychiaterin für mich eingefädelt, allerdings war diese Entscheidung nur bedingt freiwillig gefallen. Als ich Frau Süß nach meiner abgebrochenen Reha zum ersten Mal sah, war meine Mutter dabei und schilderte mein Verhalten. Sie brach in Tränen aus, verständlicherweise, weil sie mit mir überfordert war. Ich sagte kaum etwas, saß still und mit verschränkten Armen da, konnte natürlich wieder nicht weinen, was mir in dem Gespräch sicher geholfen hätte. Dann schickte meine Psychiaterin meine Mutter aus dem Zimmer und las mir die Leviten.

Sie sagte: *Sie wirken auf mich passiv-aggressiv. Das, was Sie machen, ist emotionale Erpressung.* Nun gut, damit hatte sie vielleicht nicht ganz Unrecht, obwohl ich es natürlich nicht aus Bösartigkeit tat. Ich finde, Frau Süß hätte sich ruhig die Zeit nehmen können, mit mir ein längeres Gespräch zu führen und genauso sensibel auf mich einzugehen, wie sie es bei meiner Mutter getan hatte. Stattdessen sagte sie: *Es gibt jetzt zwei Möglichkeiten. Entweder gehen Sie ins Donauspital oder ich rufe die Polizei.* Die

Hexe wollte mich tatsächlich abführen lassen! Ich bekam es mit der Angst zu tun. *Bitte ja keine Polizei!* Ich fühlte mich ohnehin schon kriminell. Also willigte ich ein und fuhr mit meiner Mutter ins Donauspital.

Dort hatte ich in den nächsten Wochen einige Termine zur Vorbesprechung meines stationären Aufenthalts. Ich brachte sie hinter mich, weil ich musste, aber was ich niemandem sagte, war, dass ich nicht daran glaubte, dort wirklich hinzugehen. Die Psychiatrie war doch nichts für eine Person wie mich, dort gehörte ich nicht hin. Meine Mutter und Philipp wirkten sichtlich erleichtert, als klar war, dass man mich aufnehmen würde. Mit ein wenig Verbitterung dachte ich: *Jetzt sind sie froh, dass sie mich endlich loswerden!* Natürlich war das ein unfairer Gedanke, ich gehörte ja wirklich ins Spital, das weiß ich heute. Nur die Umstände meiner Einweisung waren suboptimal, da ich ja nicht freiwillig ging, sondern die Polizei als drohende Alternative im Hinterkopf hatte.

Am Tag vor meiner Aufnahme im Donauspital half meine Mutter mir, den Koffer zu packen. Ich hatte keine Ahnung, was ich mitnehmen sollte. Es war ohnehin unnötig, zu packen, ich würde da keinesfalls hingehen! Und dann kam er doch, der Tag meiner Aufnahme. Meine Mutter brachte mich zum Krankenhaus. Zur Psychiatrie führte ein langer Gang, der mir endlos vorkam. Ich fühlte mich, als ob ich zu meiner Hinrichtung schreiten würde. Da überkam mich die Angst, ich drehte mit meinem Koffer um und wollte meiner Mutter davonlaufen. Aber es war kein wirklich überzeugender Fluchtversuch. Meine Mutter, die gezwungenermaßen eine unglaubliche Stärke ausstrahlte, hatte mich schnell am Arm gepackt und wieder in die richtige Richtung gelenkt.

Gefangen, Teil 3

Und dann ließ sie mich dort zurück und fuhr nach Hause. Für mich fühlte es sich völlig surreal an, in der Psychiatrie zu sein. Ich konnte nicht glauben, dass ich dort gelandet war. Die ersten drei Tage waren sehr ruhig, denn es waren Feiertage und somit gab es keinen regulären Therapiebetrieb. Ich wusste nicht so recht, wie ich mir die Zeit vertreiben sollte. Ich ging ein wenig im Garten spazieren, rauchte viel und begann, Freundschaftsbänder zu knüpfen. Die ersten drei Tage waren nicht so übel, denn ich hatte meine Ruhe vor den Ärztinnen und Ärzten.

Nach drei Tagen stand aber die erste Visite an. Ich fürchtete mich unheimlich davor, weil ich nicht wusste, was ich dem Arzt erzählen sollte. Es fühlte sich an wie eine Prüfung, auf die ich mich nicht hatte vorbereiten können. Dazu kam, dass ich einmal an die Vorständin der Psychiatrie geriet, die meiner zurückhaltenden, schüchternen Art, die ich damals hatte, mit Strenge begegnete. Sie forderte von mir, dass ich mir überlegen sollte, was ich in der Psychiatrie erreichen wollte. *Witzig*, dachte ich bei mir, *gar nichts will ich hier. Ich gehöre nicht hierhin.*

Auch meine Zimmerkollegin schien dieser Meinung zu sein. Am Tag unseres Kennenlernens erzählte sie mir sofort ihre Leidensgeschichte und brach in Tränen aus. Dann fragte sie mich, warum ich dort sei. Wieder einmal wusste ich nicht, was ich sagen sollte. Ich druckste herum. Weinen konnte ich ja nicht, also muss ich nach außen hin wie ein Eisblock gewirkt haben. *Was machst du hier? Du hast nichts*, sagte sie schließlich. *Die Erste, die mich durchschaut hat*, dachte ich.

Es war unvermeidlich, auch die anderen PatientInnen der Station kennenzulernen. In den Gruppentherapien erfuhr ich einiges über ihre private Situation und ihre Probleme. Es waren sehr schlimme Geschichten dabei und sehr kaputte Menschen, wie mir schien. Mit denen hatte ich doch nichts gemeinsam, die hatten ECHTE Probleme, nicht so wie ich. Ich fühlte mich hochgradig unwohl, wie ein Eindringling. Es war nur eine Frage der Zeit, bis das auch den Ärztinnen, Ärzten und TherapeutInnen auffallen musste. Ich rechnete jederzeit damit, dass man mich aus dem Spital werfen würde.

Zur damaligen Zeit waren meine verfolgungswahnähnlichen Gedanken auch wieder sehr präsent. Ich erwartete, dass überall das Böse und das Unglück lauerten. Wenn ich mit meiner Bankomatkarte zum Zigarettenautomaten ging, um mir Nachschub zu holen, rechnete ich damit, dass meine Karte nicht mehr funktionieren würde, weil sie gesperrt wurde. Ich hatte die Vermutung, dass man in der Schule bereits an meinem Stuhl sägte, dass sich alle gegen mich verschworen hätten, dass meine Chefin meine Mails lesen würde, weil ich mich so unsolidarisch der Schule gegenüber verhalten hatte. Für all diese Gedanken gab es keinen vernünftigen Anhaltspunkt, aber meine Fantasie galoppierte einfach so mit mir davon.

Auch das schlechte Gewissen war mein ständiger Begleiter. Jedes Mal, wenn mir die Spitalsangestellten das Essen servierten, fühlte ich mich schlecht. Ich hatte doch überhaupt nichts und fraß mich auf Kosten des Staates und der SteuerzahlerInnen im Krankenhaus durch. Wenn das mein Vater wüsste! Er war wirklich krank gewesen, im Unterschied zu mir. Ich verdiente es nicht, so umsorgt und bedient zu werden.

Kurz nach meiner Einweisung traf ich durch Unterlassung eine folgenschwere Entscheidung, die sich später rächen sollte. Am 4. November hatte ich mit meiner Hausverwaltung einen Termin vereinbart, um den Mietvertrag meiner Wohnung zu verlängern. Den Termin hatte ich aufgrund meines Reha-Aufenthalts bereits einmal verschoben und nun hätte ich ihn ein weiteres Mal verschieben müssen. Die Hausverwaltung hatte auf meine Anfrage genervt reagiert und nach dem Grund für den erneuten Terminaufschub gefragt. Darauf hatte ich nicht mehr geantwortet, weil ich nicht wusste, was für einen Grund ich mir hätte ausdenken sollen.

Am 4. November klingelte mein Telefon. Es war die Hausverwaltung. Ich hatte nicht den Mut abzuheben, also hinterließ mir der Hausverwalter und Eigentümer eine Nachricht auf der Mailbox, die ich später mit Herzklopfen abhörte. Er fragte irritiert, ob ich nun zu dem Termin erscheinen würde oder nicht. Ich war wie gelähmt. Natürlich hätte ich zurückrufen und die Sache aufklären sollen. Eigentlich wäre ja auch nichts dabei gewesen. Ich war stationär im Krankenhaus und konnte den Termin nicht wahrnehmen. Das wäre eigentlich ein sehr plausibler Grund gewesen. Ich bin sicher, ich hätte den Termin unter diesen Umständen ohne Probleme verschieben können.

Stattdessen aber machte ich gar nichts. Ich rief nicht zurück und schrieb auch kein Mail. Ich fühlte mich wie ein Kind, das Erwachsenendinge regeln sollte und nicht wusste, wie das ging. Außerdem, so beschwichtigte ich mein schlechtes Gewissen, würde ich die Wohnung bald nicht mehr brauchen. Bis zum Auslaufen des Vertrags würde ich sowieso nicht mehr da sein. Es musste ja keiner erfahren, dass ich ab sofort eine halb Illegale in meiner Wohnung war. So fühlte ich mich jedenfalls.

Während meines siebenwöchigen Aufenthalts in der Psychiatrie besuchte mich meine Mutter anfangs regelmäßig. Später durfte ich zuerst tagsüber, dann auch über Nacht das Krankenhaus verlassen. Ausgänge nannte man das. Ich fuhr, so oft ich konnte, ins Burgenland zu meiner Mutter und meinem Bruder. In meiner eigenen Wohnung hielt ich es kaum aus. Auch Freundinnen boten mir an, mich im Spital zu besuchen, aber ich wollte das partout nicht. Ich sollte ja eigentlich überhaupt nicht dort sein, also sollte mich dort auch möglichst niemand sehen.

Auch Ernst hielt ich auf Abstand. Ich wollte nicht, dass er mich besuchte. Gegen meinen Willen tat er es doch zwei Mal. Ich schämte mich für den Zustand, in dem ich war. Ich sah ungepflegt und unattraktiv aus, fühlte mich sehr verwundbar. Aber ihn schien das offensichtlich überhaupt nicht zu stören. Zum Glück kam er nur zwei Mal und hielt sich insgesamt mit Nachrichten zurück, wie ich es von ihm gewohnt war.

Nach vier Wochen wurde meine Zimmerkollegin entlassen und von nun an war ich allein im Zimmer, was eine Erleichterung für mich war. In den restlichen drei Wochen kam niemand nach. Ähnlich erging es einer Mitpatientin, die im Zimmer nebenan wohnte. Auch sie war allein und so suchte sie den Kontakt zu mir. Ich fand sie von Anfang an eher schräg und ein wenig unheimlich. Aber sie war sehr penetrant und dominant und ich konnte ihr nicht dauerhaft ausweichen.

Einmal begleitete sie mich zu einem Impftermin, den ich vereinbart hatte. Das war die einzige Erwachsenentätigkeit, die ich in der Zeit im Spital hinbekam: einen Impftermin buchen und wahrnehmen. Dieser Ausflug mit Birgit, so hieß meine Zimmernachbarin, war ja noch halbwegs lustig. Zwei Psychos, die in der „echten" Welt unterwegs waren. Kurze Zeit später schlug mir Birgit vor, gemeinsam einkaufen zu gehen, um uns den langweiligen Freitagnachmittag im Spital zu verkürzen. Ich hatte nicht wirklich Lust, war aber auch unfähig, Nein zu sagen, also kam ich mit.

Wir fuhren zunächst in ein Einkaufszentrum und gingen dort zum Interspar. Viel konnte man ja nicht machen, da es einen neuerlichen Lockdown gab und fast alle Geschäfte geschlossen waren. Ich brauchte überhaupt nichts, wäre also am liebsten gleich danach wieder zurück ins Krankenhaus gefahren. Aber Birgit hatte andere Pläne. Sie sagte, sie habe eine Überraschung für mich, und schleppte mich zu ihren „Freunden" am Würstelstand, ausgerechnet in der Nähe meiner Schule.

Birgit war Alkoholikerin und Cholerikerin. Sie duldete keinen Widerspruch und die Bedürfnisse anderer Menschen nahm sie sowieso nicht wahr. Ich stand also mit den grausigen Tranklern am Würstelstand und wollte am liebsten unsichtbar sein oder im Erdboden versinken. Das ging natürlich nicht, denn ich war die Attraktion schlechthin. Frischfleisch, eine junge Unverbrauchte. Die Männer stürzten sich auf mich und buhlten auf ihre abstoßende Art um meine Aufmerksamkeit. Birgit verfolgte das Geschehen mit Bitterkeit und ließ ihren Frust an mir aus. Sie hatte mich dahingeschleppt und war nun eifersüchtig darauf, dass ich im Mittelpunkt stand.

Ich fürchtete die ganze Zeit, dass mich SchülerInnen oder KollegInnen im Vorbeigehen am Würstelstand entdecken würden.

Das war wirklich der absolute Tiefpunkt. Zu diesen traurigen Gestalten, Impfverweigerern, FPÖ-Wählern sollte ich gehören? War das meine Zukunft? Ein äußerst deprimierender Gedanke. Nach kurzer Zeit begann ich zu frieren, immerhin war es bereits Ende November. Ich wollte gehen, aber Birgit dachte nicht daran, ins Spital zurückzukehren. Allein wollte ich aber auch nicht fahren, denn dann hätte ich vielleicht erklären müssen, wo meine Mitpatientin geblieben war. Und was hätte ich dann sagen sollen? Alkoholkonsum war während der Therapie streng verboten. Die Wahrheit hätte ich also nicht sagen können.

Somit musste ich Stunden in der Kälte ausharren, bis Birgit endlich genug hatte und zurückfahren wollte. Ich hatte auch genug, nämlich von ihr, und versuchte, ihr in den nächsten Tagen aus dem Weg zu gehen. Zu meinem Glück wurde die unheimliche Gestalt kurz darauf entlassen. Sie hatte meine Telefonnummer und sprach mir anfangs noch nette, dann, als ich mich nicht mehr meldete, beleidigende Botschaften aufs Band. Ich stellte aus Selbstschutz meine Mailbox ab und hatte von da an meine Ruhe.

Die sieben Wochen im Donauspital waren großteils sehr öd. Zwischen den Therapien, an denen ich zwar brav, aber missmutig teilnahm, war viel freie Zeit, die ich mir mit Bänderknüpfen, Rätsellösen und Malen vertrieb. Ich kam mir vor wie ein Trottel. Während andere draußen in der „echten" Welt Wichtiges leisteten, saß ich da und machte nichts Bedeutsames. Es war eine Schande.

Zwischenwelt, Teil 3

Am Tag meiner Entlassung holte mich Amir, mein Exfreund, vom Krankenhaus ab. Er hatte es mir angeboten und Ernst zeigte ohnehin kein übersteigertes Interesse an meinem Befinden. Nun war ich also wieder draußen, in der „echten" Welt, und hatte keine Ahnung, was ich dort anfangen sollte.

In den ersten Tagen besuchten mich einige Freundinnen. Es war natürlich schön, dass sie sich dafür interessierten, wie es mir ging, aber für mich waren diese Treffen und alle in den nächsten Monaten folgenden wahnsinnig anstrengend. Bereits nach einer Stunde hatte ich das dringende Bedürfnis, wieder allein zu sein, sprach es aber aus Angst vor Ablehnung und Unverständnis nicht aus.

Auch Ernst begann ich nun wieder regelmäßig zu treffen. Am Anfang fühlte ich mich extrem unwohl in seiner Nähe, da ich nicht wusste, wie ich ihm nach so langer Zeit begegnen sollte. Ihm erging es wohl ähnlich, aber nach einigen Wochen wurde es besser und unsere Treffen pendelten sich wieder auf das Maß ein, das wir zu normalen Zeiten gepflegt hatten, ca. einmal pro Woche.

Insgesamt hatte ich nicht die geringste Ahnung, wie es nun weitergehen sollte. Mit Hilfe der Ärztinnen und Ärzte im Donauspital hatte ich eine Therapeutin und eine Psychiaterin auf Krankenkasse gefunden. Dort ging ich regelmäßig hin, erwartete mir aber zunächst keine großen Fortschritte. Ansonsten hatte ich nicht viel zu tun. Alle Hobbys, die ich früher gehabt hatte, wie Lesen, Laufen oder Fitnessstudio, machten mir keinen Spaß mehr.

Dann kamen Weihnachten und Silvester, die ich zu Hause bei meiner Familie verbrachte. Ernst hatte keine Anstalten gemacht, mich zu Silvester, unserem Kennenlerntag, sehen zu wollen, und ich hatte keine Lust, es ihm vorzuschlagen. Nun war der Jänner da und somit fehlten noch wenige Wochen bis zum Beginn des zweiten Schulsemesters. Dann sollte ich wieder zu arbeiten beginnen. So hatte ich es beschlossen. Irgendwann musste ich ja wieder ins kalte Wasser springen, was blieb mir auch anderes übrig? Ich konnte mich schließlich nicht ewig zu Hause verstecken, obwohl mir das am liebsten gewesen wäre.

Doch dann ergab sich eine unerwartete Wendung. Mein Dienstgeber, die Bildungsdirektion, hatte mir einen Termin bei der Amtsärztin verordnet, die entscheiden sollte, ob mein Krankenstand rechtens war. Ich fürchtete mich vor dem Termin, nahm alle meine Befunde mit, um zu belegen, dass es mir in den letzten Monaten schlecht gegangen war. Zu meiner Überraschung hatte die Amtsärztin gar keine Zweifel daran. Im Gegenteil, sie befand, dass es noch zu früh für mich sei, am Anfang des zweiten Semesters wieder in die Schule zu gehen, und entschied, dass ich weitere drei Monate zu Hause bleiben sollte.

Damit hatte ich nun wirklich nicht gerechnet! Der neue Termin für meinen Wiedereinstieg in der Schule war also Ende April. Ende Mai lief mein Mietvertrag aus, dann würde ich delogiert werden und als Obdachlose leben müssen. Ich hatte also ein neues Ablaufdatum. Bis Ende April musste ich eine Lösung gefunden haben. Auch wenn ich es dann schaffen sollte, arbeiten zu gehen, einen Umzug würde ich nicht hinbekommen, davon war ich überzeugt.

Aber zunächst musste ich keine Entscheidung treffen, sondern konnte abwarten. Ich hatte Zeit und die absolut unrealistische Hoffnung, dass ich vielleicht von allein sterben würde – am liebsten im Schlaf, ohne dass ich es merkte. Ich war jedoch kerngesund, also erfüllte sich meine Hoffnung natürlich nicht. Abends beim Schlafengehen wünschte ich mir stets, dass ich nicht mehr aufwachen würde. Und beim Aufwachen dachte ich nur: *Verdammt, wieder ein neuer Tag!*

Die Zeit zwischen Ende Jänner und Ende April war trostlos für mich, wenn auch nicht mehr so schrecklich wie im Herbst. Der Krankenhausaufenthalt hatte mich ohne Zweifel ein wenig stabilisiert. Die akute Verzweiflung war weg, aber ich hatte trotzdem das Gefühl, in einer Art grauem Schlamm festzustecken. Alle täglichen Verrichtungen waren mühselig für mich, sogar das U-Bahnfahren. Ich hielt die Blicke der anderen Fahrgäste nicht aus, hatte Angst, dass sie mir an der Stirn ablesen konnten, wer ich war, nämlich ein „unechter" Mensch, während sie alle „echte" Menschen mit einem „echten" Leben und vor allem einem Innenleben waren. Ich dagegen war nur eine Hülle, ein totes Stück Holz, das nichts fühlen konnte.

Ich gehörte irgendwie nicht dazu zu der „echten" Welt und fühlte mich unendlich isoliert, dachte aber, dass das mein unausweichliches Schicksal sei. Im Jänner begann ich mich aus Langeweile mit dem Stricken zu beschäftigen und es machte mir so viel Spaß, dass ich in eine Art Strickmanie verfiel. Ich tat den ganzen Tag nichts anderes als Stricken, so lenkte ich mich von meinen unangenehmen Gedanken ab und hatte das Gefühl, zumindest irgendetwas Produktives zu leisten. Meine ganze Familie und alle meine Freundinnen wurden mit Hauben, Schals, Socken, Pullis und Ponchos beglückt. Sie schienen sich darüber zu freuen, was mir wiederum das Gefühl gab, nicht völlig unnötig auf dieser Welt zu sein.

Viel mehr passierte nicht in diesen Monaten. Ich hielt mit einiger Überwindung Kontakt zu meinen Freundinnen und besuchte oft meine Familie. Langsam aber kam der April näher. Ich wusste, dass ich bald eine Entscheidung treffen müsste, aber ich schob sie hinaus. Umbringen konnte ich mich ja immer noch, vielleicht würde sich noch eine andere Lösung ergeben. Ich redete mit meiner Therapeutin und auch mit Ernst über meine Ängste vor dem Wiedereinstieg in der Schule. Ich war innerlich noch immer so verunsichert, dass ich mir nicht vorstellen konnte, vor einer Klasse bestehen und die Blicke meiner KollegInnen ertragen zu können. Beide meinten, das sei normal, würde sich aber bessern.

Es half mir leider nicht, darüber zu reden, in meinem Kopf wuchsen meine Befürchtungen zu einem Riesenproblem heran, das mich lähmte. Ich hätte längst anfangen müssen, mich vorzubereiten, mich einzulesen, mich mit den KollegInnen in Verbindung zu setzen, die mich vertreten hatten und von denen ich jetzt die Klassen übernehmen sollte. Aber ich war dazu einfach nicht in der Lage. Ich wusste nicht, wo ich anfangen sollte. Wie konnte ich, die Tatkräftige und ehemals Powerfrau, so unfähig, faul und unbrauchbar sein?

Ende April begann in mir die Unruhe zu steigen. Auch mit dem Stricken konnte ich mich nicht mehr richtig ablenken. Wozu sollte ich denn noch stricken? Ich würde die angefangenen Projekte ohnehin nicht beenden können. Die letzte Aprilwoche war der Horror. Alles fiel mir schwer. Wieder hatte ich das Gefühl, auf meine Hinrichtung hinzusteuern. Ich fürchtete mich enorm vor dem, was kommen würde.

Am Wochenende vor meinem geplanten Dienstbeginn, der auf den 2. Mai fiel, war meine Schwester, die in Deutschland lebte, wieder in Österreich zu Besuch. Ich fuhr daher zu meiner Familie und verbrachte das Wochenende dort. Innerlich war ich sehr unruhig, ich konnte keinen klaren Gedanken fassen. Das war vielleicht mein letztes Wochenende mit meiner Familie. Ich hoffte nur, dass meine Geschwister und meine Mutter nichts von meiner Unruhe merkten. Dafür musste ich mich enorm zusammenreißen.

Dann war der Sonntag da und ich musste wieder nach Wien fahren. Am liebsten wäre ich in meinem Elternhaus geblieben und hätte mich dort vor der Welt versteckt. Aber ich wusste, dass das keine Option war, denn das hatte ich bereits im Herbst getan und ein zweites Mal konnte ich das meiner Mutter nicht antun. Am Sonntagabend versuchte ich, mich in meiner Wohnung mit Fernsehen abzulenken. Ich sagte mir immer wieder vor: *Noch hast du frei, heute Abend bist du noch in Sicherheit, du musst jetzt keine Entscheidung treffen.* Und am Montag hatte ich unterrichtsfrei, es blieb mir also noch ein Tag.

Todessehnsucht, die zweite

Ich verbrachte eine sehr unruhige Nacht auf der Couch mit eingeschaltetem Fernseher, der mich in den Schlaf lullte. Gegen sechs Uhr morgens wachte ich auf, untröstlich darüber, dass nun der Montag angebrochen war und ich die Entscheidung nicht mehr aufschieben konnte. Wenn ich bis jetzt nicht von allein gestorben war, blieb mir nichts anderes übrig, als wieder selbst Hand anzulegen. Aber auch das schob ich noch ein wenig hinaus und nahm ein starkes Beruhigungsmittel, das mir noch zwei Stunden tiefen Schlaf bescherte.

Dann wachte ich ausgeschlafen auf und fühlte mich bereit. Die Entscheidung war getroffen: Ich wollte lieber sterben, als mir einzugestehen und laut auszusprechen, dass ich es nicht schaffte, in die „echte" Welt zurückzukehren. Niemand sollte meine Schwäche kennen, ich würde sie mit ins Grab nehmen. Ich arbeitete noch immer kontinuierlich gegen mich und meine Bedürfnisse, wie ich es einen großen Teil meines Lebens getan hatte. Anders kannte ich es einfach nicht, also hatte ich auch kein anderes Mittel der Lösung zur Hand.

Ich hatte mir aus drei verschiedenen Apotheken je eine Packung Paracetamol besorgt. Im Internet hatte ich, unter anderem in medizinischen Fachzeitschriften, viel über Paracetamol und seine Wirkung gelesen. Es wird sehr häufig für Suizide eingesetzt. Ich hatte auch Angaben darüber gefunden, welche Mengen tödlich sind, und hatte mir ausgerechnet, wie viel ich bei meinem Körpergewicht brauchen würde. Drei Packungen sollten absolut ausreichend sein, eigentlich würde schon eine genügen, zumindest wenn ich richtig recherchiert hatte.

Um elf Uhr vormittags setzte ich mich an den Küchentisch. Ich hatte alles vorbereitet: Wasser, die Tabletten und einen Eimer, in den ich mich übergeben würde, wenn das stimmte, was ich über die Vergiftungssymptome gelesen hatte. Ich nahm all meinen Mut zusammen und begann, die Tabletten in mich hineinzuschaufeln. Zu meiner Verwunderung fiel es mir gar nicht schwer. Sonst mochte ich es nämlich überhaupt nicht, Tabletten zu schlucken. Als ich die erste Packung genommen hatte, setzte der Schwindel ein. Nun hieß es schnell nachlegen. Mit Mühe stopfte ich auch noch die zweite Packung in mich hinein, aber dann konnte ich nicht mehr weitermachen.

Alles um mich herum drehte sich, mein Puls ging schneller und mir wurde speiübel. Dann ging es auch schon los und ich musste mich das erste Mal übergeben, das zweite Mal und viele weitere Male. Im Eimer befand sich eine blaugrünliche Flüssigkeit, die abstoßend aussah. Aber es war nicht die Zeit für Wehleidigkeiten. Irgendwann war die Übelkeit vorbei und ich schlief wohl ein oder wurde bewusstlos. An den Rest des Tages habe ich keine Erinnerung. Zur Sicherheit hatte ich mir aber einen Wecker für Dienstagfrüh gestellt. Wenn ich noch lebte, musste ich mich in der Schule krankmelden, sonst würde man mich suchen und das wollte ich um jeden Preis verhindern.

Tatsächlich läutete am nächsten Tag der Wecker. Ich war noch am Leben, aber das überraschte mich nicht sonderlich, da ich gelesen hatte, dass die tödliche Wirkung der Medikamente zum Teil erst nach Tagen einsetzt. Ich musste mich also noch gedulden. Zunächst rief ich in der Schule an und meldete mich zwei Tage krank. Dann folgte ein Feiertag und bis dahin hoffte ich, dass sich mein Leben bereits erledigt haben würde.

Unpraktisch war nur, dass sich meine Freundinnen und meine Familie meldeten, um zu erfahren, wie mein erster Arbeitstag gelaufen war. Also war ich gezwungen, zu lügen. Manchen antwortete ich kurz, dass es gut gelaufen sei, anderen erzählte ich, dass ich einen Magendarmvirus hätte. Im Grunde war es ohnehin egal, bald würde es nicht mehr zählen. Ich musste nur mehr warten, dass weitere Symptome einsetzten, über die ich gelesen hatte. Krämpfe, epileptische Anfälle und schließlich Leberversagen. Ich stellte mir das alles sehr schlimm vor, aber die Weichen waren nun ohnehin gestellt.

Der Dienstag verging unspektakulär. Ich musste mich nicht mehr übergeben, mir war nur unendlich schwindlig. Zwei Mal fiel ich in der Wohnung um, aber ansonsten passierte nichts. Ich vertrieb mir die Zeit mit Filmen und Serien und rauchte viel. Essen konnte und wollte ich nicht. Am liebsten schlief ich, aber irgendwann wirkten die Schlaftabletten, die ich in größeren Mengen nahm, einfach nicht mehr.

Dann kam der Mittwoch und immer noch hatte sich nichts verändert. Langsam wurde ich nervös. Was, wenn mein Plan nicht aufging? Was, wenn ich das überleben würde? Ich überlegte fieberhaft, ob mir nicht noch eine andere Methode des Selbstmords einfallen würde, die in Frage käme. Alles, was erforderte, das Haus zu verlassen, schloss ich aus, da ich zu kraftlos war. Somit kam ich auf Selbstmord durch Aufhängen. Ich fasste die Vorhangstange ins Auge, befürchtete aber, dass sie nicht halten würde. Einen Versuch war es jedenfalls wert.

Ich knotete ein Leintuch um meinen Hals, das ging noch recht gut. Dann aber musste ich auf das Fensterbrett steigen, was mir um einiges schwerer fiel, da ich mit starkem Schwindel zu kämpfen hatte. Ich hatte außerdem Angst, dass mich von draußen jemand beobachten könnte, aber zum Glück nahm niemand von mir Notiz. Ich stand nun also auf dem Fensterbrett und musste das andere Ende des Leintuchs an der Vorhangstange verknoten. Ich schnaufte vor Anstrengung. Mehrmals musste ich mich wieder hinsetzen, weil ich so zitterte und das Gefühl hatte, jeden Moment ohnmächtig zu werden.

Irgendwann hatte ich dann den Knoten geschafft. Jetzt fehlte nicht mehr viel, ich musste einfach nur einen Schritt nach vorne machen. Ich biss die Zähne zusammen und tat es. Gleich darauf fand ich mich auf dem Boden wieder. Der Knoten hatte nicht gehalten, ich musste es also mit einem doppelten versuchen. Nun begann das ganze Spiel von vorne. Wieder musste ich aufs Fensterbrett steigen, gegen den Schwindel und das Zittern ankämpfen und nun sogar zwei Knoten schaffen.

Ich weiß nicht, wie lange ich dafür brauchte, aber irgendwann war es mir gelungen. Jetzt wieder einen Schritt nach vorne und es war vorbei. Als ich vom Fensterbrett stieg, spürte ich, wie sich die Schlinge um meinen Hals zusammenzog. *Nun ist es also so weit*, dachte ich. Doch das war wieder gefehlt. Gleich darauf landete ich auf dem Boden, zusammen mit der Vorhangstange, die sich, wie am Anfang befürchtet, aus der Verankerung gelöst hatte. Keuchend saß ich auf dem Parkett. Diese Selbstmordoption kam also auch nicht in Frage.

Ich ruhte mich ein wenig aus, bevor ich versuchte, weitere Pläne zu schmieden. Mir fiel nichts mehr ein, was ich noch probieren konnte, daher kam ich unweigerlich wieder zu den Pulsadern. Ich musste es diesmal einfach geschickter anstellen und tiefer schneiden. Ich schnappte mir ein Messer und setzte mich in die Dusche. Dann aber fiel mir ein, dass es vielleicht mit einer Glasscherbe besser gehen würde. Also stand ich wieder auf, zerbrach ein Glas und nahm eine Scherbe, die mir geeignet schien, mit. Ich setzte an und machte einen kleinen Probeschnitt. Diesmal tat es weh und ich verspürte einen enormen inneren Widerstand gegen das Schneiden. Eine Weile saß ich noch so da, mit der Scherbe in der Hand, das Messer neben mir, aber ich brachte es einfach nicht über mich. Irgendwann gab ich erschöpft auf. Was auch immer nun mit mir passieren würde, ich hatte es nicht mehr in der Hand.

Während ich wartete, ob ich nicht doch noch sterben würde, musste ich meiner Familie und meinen Freundinnen weiterhin vorspielen, ich hätte einen Magendarmvirus. Besonders schwer fiel mir das bei meinen Geschwistern, die am Mittwoch oder Donnerstag nach Wien kamen und mit mir essen gehen wollten. Es brach mir das Herz, sie so anzulügen. Sie sorgten sich um mich und wollten mich in meiner Wohnung besuchen, doch das konnte ich gerade noch verhindern. Was, wenn sie herausgefunden hätten, was ich getan hatte? Diese Szene mag ich mir auch heute nicht vorstellen.

Nicht verhindern konnte ich, dass Petra vorbeikam. Sie stellte mich gar nicht erst vor die Wahl, sondern tauchte mit einer Essenslieferung und Tee bei mir zu Hause auf. Es war rührend und ich verging vor schlechtem Gewissen. Ich hoffte, dass sie nichts merken würde und vor allem die heruntergerissene Vorhangstange nicht entdecken würde. Zum Glück passierte nichts dergleichen. Der Gedanke, dass ich noch wenige Stunden zuvor versucht hatte, an der Vorhangstange in den Tod zu baumeln, war ja auch reichlich abwegig für eine seelisch gesunde Person. Und ich sah schlecht genug aus, um glaubhaft darzustellen, dass ich einen Magendarmvirus hatte.

Nach Petras Besuch hatte ich wieder Ruhe und wartete geduldig weiter, ob etwas passieren würde. Am Freitag ging es mir noch immer verhältnismäßig gut. Ich hatte zwar seit Sonntag kaum etwas gegessen, nur eine Packung Mannerschnitten und ein paar Nüsse, war also dementsprechend schwach auf den Beinen, aber es war keine Spur von Krämpfen oder epileptischen Anfällen. Nur an der Stelle, wo sich die Leber befindet, spürte ich ein leichtes Stechen. Es erhärtete sich für mich der Verdacht, dass auch dieser Selbstmordversuch gescheitert war. Ich gab mir noch einen Tag Zeit, am Samstag würde ich etwas unternehmen.

Schließlich kam der Samstag. Ich fasste mir ein Herz und rief bei der Vergiftungszentrale an. Am Telefon erzählte ich, was vorgefallen war. Die Dame am Apparat sagte mir, ich solle die Rettung verständigen, also tat ich das. Der Zuständige am Telefon war etwas baff über meine Schilderungen und fragte unverblümt: *Und was können wir jetzt für Sie tun?* Das wusste ich ja auch nicht. Kurze Zeit später kamen trotzdem die SanitäterInnen vorbei. Sie befragten und untersuchten mich. Mein Puls war erhöht, mein Kreislauf spielte verrückt. Daher brachten sie mich ins Donauspital auf die Station für Innere Medizin.

Dort wartete ich auf die Untersuchung. Die zuständige Ärztin war ein Musterbeispiel an Feinfühligkeit. Ich merkte ihr den Widerwillen, mich zu untersuchen, geradezu an. Sie sagte: *Wir können jetzt auch nichts mehr für Sie tun. Das Gift ist schon metabolisiert.* Sie befand offensichtlich, dass eine wie ich es nicht wert war, auf Kosten des Staates ordentlich untersucht zu werden. Sie machte mir trotzdem ein EKG, weil das wohl Vorschrift war, und nahm mir Blut ab. Das Ergebnis teilte sie mir gar nicht erst mit, stattdessen meinte sie nur: *Gehen Sie am Montag zu Ihrem Hausarzt und lassen Sie eine weitere Blutuntersuchung machen.* Sie informierte mich nicht darüber, dass meine Leberwerte, wie ich später erfuhr, astronomisch hoch waren. Wozu auch, ich hatte es überlebt und verdiente offenbar nicht, mehr zu erfahren.

Vorschriftsgemäß hatte die diensthabende Ärztin auch eine Psychiaterin hinzugezogen, die mich zu einem Gespräch bat. Sie bot mir an, mich in die Psychiatrie aufnehmen zu lassen, aber das wollte ich zu dem Zeitpunkt nicht. Ich musste ihr versprechen, mir nichts mehr anzutun, und sollte am Montag zu einer Kontrolluntersuchung in die psychiatrische Ambulanz im Donauspital kommen, die ich ja schon vom Herbst gut kannte. Danach durfte ich nach Hause gehen.

Was sollte ich nun anfangen? Mir fiel wirklich nichts mehr ein, also verständigte ich in meiner Verzweiflung wieder meine Freundin Elisa, die mich nach dem ersten Selbstmordversuch so verständnisvoll aufgefangen hatte. Sie kam auch diesmal zu mir und übernachtete bei mir. Das gab mir vorläufig ein Gefühl der Sicherheit und Geborgenheit. Am nächsten Tag war Muttertag und wir fuhren gemeinsam aufs Land, um unsere Mütter zu besuchen.

Ich versuchte, mich, so gut es ging, zusammenzureißen und einen schönen Tag mit meinen Geschwistern und meiner Mutter zu verbringen. Mein Bruder hatte in einem Restaurant einen Tisch reserviert. Es gab ein herrliches Buffet, aber ich brachte kaum einen Bissen hinunter. Kein Wunder, mein Magen war beleidigt, weil er mit Paracetamol vergiftet und dann mehrere Tage auf Essensentzug gesetzt worden war. Aber ich konnte meine Appetitlosigkeit glaubhaft auf den Magendarmvirus schieben und war damit aus dem Schneider.

Nachdem ich auch diesen Tag hinter mich gebracht hatte, holte mich Elisa mit dem Auto von meinem Elternhaus ab. Wir wollten gemeinsam nach Wien fahren. Aber diesmal ließ sie mich nicht so leicht davonkommen. Gleich nach dem Einsteigen sagte sie mir unter Tränen, dass sie mich heute Nacht nicht allein lassen könne, da sie das einfach nicht verantworten könne. Ich fühlte mich unendlich schlecht, weil ich sie als Einzige mit diesem Wissen so belastete. Ich verstand auch, was sie meinte, denn ich hatte mir selbst ja noch nicht überlegt, was ich nun weiter tun sollte. Die neue Woche stand vor der Tür und ich wiederum am Anfang. Ich hatte keines meiner Probleme gelöst: Der Dienstbeginn in der Schule war unausweichlich und mein Mietvertrag würde auch bald auslaufen.

Elisa überredete mich zunächst dazu, meiner Hausverwaltung ein Mail zu schreiben, in dem ich sie darum bat, mir doch noch den Mietvertrag zu verlängern. Dann half sie mir, eine Nachricht an meine Chefin zu formulieren, in der ich erklärte, dass ich auch in der nächsten Woche nicht in die Schule kommen könne. Somit hatte ich ein wenig Zeit gewonnen. Aber das war Elisa noch nicht genug. Sie stellte mich vor die Wahl: *Entweder steigen wir jetzt aus dem Auto, gehen ins Haus zurück und erzählen deiner Familie, was passiert ist, oder du holst dir heute noch Hilfe.*

Vor meinen Augen spielte sich eine Szene des Grauens ab. Ich sah Elisa und mich ins Haus marschieren und meiner ahnungslosen Familie mitteilen, was ich getan hatte. Ich sah meine Mutter schreiend zusammenbrechen, meine Geschwister in Tränen aufgelöst. Nein, das kam gar nicht in Frage, das brachte ich einfach nicht übers Herz. Also machte ich Elisa einen Vorschlag, der letztendlich meine Rettung bedeutete: *Bring mich ins Donauspital in die psychiatrische Ambulanz.* Ich wusste, dass man mich dort aufnehmen würde, wenn ich sagen würde, dass ich immer noch Selbstmordgedanken hatte. Am Montag hatte ich ohnehin einen Termin, da konnte ich mich gleich heute einweisen lassen.

Die zweite Wende

Elisa war einverstanden mit meinem Vorschlag. Zuerst brachte sie mich nach Hause, wo ich hastig ein paar Sachen einpackte, die ich unbedingt für die Nacht und die ersten Tage brauchte. Dann ging es auf ins Donauspital. Es war nicht sehr viel los und so mussten wir nicht allzu lange warten. Ein einfühlsamer Psychiater befragte mich, was passiert war. Ich schilderte wahrheitsgetreu den Hergang der letzten Woche und fügte hinzu: *Wenn ich heute Nacht nicht aufgenommen werde, kann ich nicht garantieren, dass ich es nicht noch einmal versuche.* Auch das entsprach der Wahrheit. Ich sah in der damaligen Situation einfach keine andere Option als die der Selbstauflösung.

Wir nehmen Sie natürlich auf, so lassen wir Sie bestimmt nicht gehen, sagte der Psychiater. Elisa atmete erleichtert auf, als sie das erfuhr. Ich fühlte mich auch ein wenig beruhigt, da ich mir zumindest heute Nacht keine Gedanken über Selbstmord machen musste. Nachdem ich Elisa nach Hause geschickt hatte, machte eine sehr nette Schwester die Aufnahme mit mir und erklärte mir, was nun passieren würde. Ich bekam ein sehr starkes Beruhigungsmittel. Das war wohl Vorschrift bei Selbstmordgefährdeten. Ich spürte ziemlich schnell die Wirkung und fühlte mich leichter. Nachdem man mich in mein Zimmer gebracht hatte, legte ich mich erschöpft ins Bett. Mein letzter tabletteninduzierter Gedanke vor dem Einschlafen war: *Vielleicht wird doch alles wieder gut.*

Und so sollte es auch kommen. Ab diesem Zeitpunkt verbesserte sich mein Zustand kontinuierlich. Ich hatte die Kurve gekriegt und war wieder in Richtung Leben abgebogen. Zunächst merkte ich das noch nicht so deutlich. An die erste Woche im Spital kann ich mich kaum erinnern, da ich unter so starken Beruhigungsmitteln stand. Es war, als wäre ich eine Woche dauerbetrunken gewesen. Ich habe nur ein paar Erinnerungsfetzen, weiß aber nicht mehr, was ich gegessen, wie viel ich geschlafen und mit wem ich geredet habe. Auch an das Aufnahmegespräch mit dem Oberarzt, den ich ja bereits von meinem ersten Aufenthalt kannte, erinnere ich mich nicht mehr. Nach einem Tag wurde ich nämlich von der Akutstation, wo ich aufgenommen worden war, wieder auf dieselbe Station verlegt, wo ich auch im Herbst gewesen war.

Dort wurden schrittweise meine Beruhigungsmittel reduziert, so dass ich nach einigen Tagen wieder zu Bewusstsein kam. Offenbar hatte ich mich geweigert, meiner Familie über meinen neuerlichen Aufenthalt Bescheid zu geben, aus Angst vor ihrer Reaktion, daher hatte mein Arzt das übernommen. Anscheinend hatte ich auch Petra informiert, die mir anbot, sich mit meinem Vermieter in Verbindung zu setzen, um in Erfahrung zu bringen, ob man den Mietvertrag noch verlängern könne. In der Arbeit hatte ich mich krankgemeldet, aber ich wusste nicht mehr, ob ich meiner Chefin etwas Genaueres erzählt hatte. Auch bei Ernst hatte ich mich gemeldet, der mich, wie er später sagte, drei Mal besuchte. Ich kann mich nur an zwei Mal erinnern, und das eher dunkel.

Es fanden mehrere Arztgespräche statt: mit meiner Mutter, mit Ernst und mit Petra. Unvergesslich bleibt für mich der Kommentar meines Arztes über Ernst: *Der ist ein Marlboro-Mann, von dem Sie keine Nähe bekommen können.* Ähnlich hatte sich schon früher meine neue Therapeutin Frau Schöller geäußert. Zunächst aber konnte ich mit dieser Aussage nicht viel anfangen, auch wenn ich es verletzend fand, mit welch sichtbarem Widerwillen sich Ernst dem Arztgespräch unterzog. Danach tauchte er erfolgreich für längere Zeit unter.

In der Zwischenzeit tat sich bei mir einiges. Zunächst merkte ich noch keine große Veränderung in meinem Empfinden. Ich dachte, ich sei nun wieder am Anfang, und erwartete mir von dem erneut siebenwöchigen Aufenthalt keine wesentlichen Fortschritte. Diese ergaben sich aber wie von selbst, nachdem die ersten Weichen gestellt worden waren. Ich war auch von Anfang an aktiver als beim ersten Aufenthalt. Da ich mich in der freien Zeit zwischen den Therapien entsetzlich langweilte, aber am

Anfang das Krankenhaus noch nicht verlassen durfte, ging ich zum Klinikfriseur, ließ mir die Haare umfärben und suchte mir einen neuen Haarschnitt aus, mit dem ich mich bald anfreundete. Einmal ging ich sogar zur Fußpflege.

Währenddessen mussten ein paar Baustellen bearbeitet werden. Die dringendste war die Mietfrage. Petra hatte mit ihrem Einsatz erreicht, dass mein Vermieter mir sechs Monate Aufschub bis zum Auszug gewährte. Als er von meinem Gesundheitszustand erfuhr, war er sehr entgegenkommend und verständnisvoll, was ich wirklich nicht erwartet hatte. Meine Mutter stürzte sich sofort motiviert in die Wohnungssuche und nach einiger Zeit stieg ich ein und sah mich ebenfalls um.

Es dauerte eine Weile, bis ich eine Wohnung fand, die von der Größe, Lage und vom Preis her für mich in Frage kam. Insbesondere hatte es mir ein Objekt mit Balkon im 10. Bezirk und somit in Gehnähe zu meiner Freundin Elisa angetan. Ich fasste mir ein Herz und vereinbarte einen Besichtigungstermin. Als ich die Wohnung sah, war ich begeistert. Ich schien dem Zuständigen von der Hausverwaltung sympathisch zu sein, denn unverhofft bekam ich bereits zwei Tage, nachdem ich das Mietanbot abgeschickt hatte, die Zusage des Vermieters. Ich hatte tatsächlich eine neue Wohnung gefunden und die Sache selbst in die Hand genommen! Das verschaffte meinem Selbstvertrauen einen großen Schub.

Einziehen wollte ich im Juli, so war es mit der neuen Hausverwaltung vereinbart. Den gesamten Juni nutzte ich, um in meiner alten Wohnung auszumisten. Mittlerweile durfte ich wieder Ausgänge machen. Als ich das erste Mal nach meiner Einlieferung im Mai meine Wohnung im 2. Bezirk betrat, fühlte ich mich augenblicklich unwohl. Zu viele schlechte Erinnerungen lauerten dort auf mich. Ich legte mich sofort ins Bett und zog mir die Decke über den Kopf. Im Juni aber wurde ich in der Wohnung aktiv. Ich nahm mir jeden Raum vor, warf absolut unbrauchbare Dinge weg, verschenkte viel über die Plattform *willhaben* und manches konnte ich auch verkaufen. Es war wie ein Rausch und ich fühlte mich befreit von altem Ballast.

Die zweite Baustelle war die Arbeit. Mein Arzt hatte eine sehr gute Idee, die mir zunächst ein mulmiges Gefühl verschaffte, sich dann später aber als goldrichtige Strategie entpuppte. Er wollte, dass ich noch während des Klinikaufenthaltes meine ersten Schritte zurück in die Schule machte. Also überlegte ich mir, zu den mündlichen Maturaprüfungen als Zuschauerin zu gehen. Bevor ich das erste Mal die Schule betrat, war ich unendlich nervös. Ich fürchtete mich vor den vielleicht mitleidigen Blicken meiner KollegInnen und vor aufdringlichen Fragen.

Zu meiner Überraschung wurde ich aber sehr herzlich empfangen. Meine KollegInnen schienen sich aufrichtig über meine Wiederkehr zu freuen. Es wurden mir sehr viele nette Dinge gesagt, die mir das Gefühl gaben, willkommen zu sein. Mit der Zeit wurde es für mich immer selbstverständlicher, den Weg zur Schule anzutreten. Diese schrittweise Wiedereingliederung schon im Juni nahm viel Druck von mir. Im Herbst würde ich ganz normal mit allen anderen einsteigen können, meine ersten Auftritte nach meiner Erkrankung hatte ich schon hinter mir.

Was ich ebenfalls als sehr positiv an meinem zweiten Klinikaufenthalt empfand, waren die MitpatientInnen. Ich hatte eine Zimmerkollegin, mit der ich mich sehr gut verstand und mit der ich mich gut austauschen konnte. Aber diesmal kam ich auch mit den anderen PatientInnen in Kontakt und stellte fest, dass unsere Geschichten Ähnlichkeiten hatten. JedeR hatte natürlich andere Erfahrungen gemacht, aber ich fühlte mich nun zugehörig und nicht mehr als Außenseiterin wie beim ersten Aufenthalt. Dadurch konnte ich die Bemühungen der Ärztinnen, Ärzte und TherapeutInnen viel besser annehmen.

Ich ging weiterhin zu meiner Therapeutin außerhalb der Klinik. Als ich sie das erste Mal nach meiner Einweisung wiedersah und ihr von meinem Selbstmordversuch berichten musste, hatte ich großen Bammel. Meine ehemalige Therapeutin hatte ja im Sommer nicht sehr gut auf mein Geständnis reagiert. Aber meine Angst war unberechtigt, Frau Schöller zeigte sich sehr verständnisvoll, keine Spur von einem Vorwurf war in ihren Worten auszumachen. Ich war erleichtert.

Während der sieben Wochen im Donauspital blühte ich regelrecht auf. Ich fühlte mich gut aufgehoben, konnte mit den Schwestern und Pflegern plaudern und freute mich täglich über den freundlichen Angestellten, der das Frühstück brachte und schon wusste, dass Frau Kraft morgens dringend einen Kaffee braucht. Eines Tages, kurze Zeit vor meiner Entlassung, saß ich auf dem Krankenhausbett und mir schoss ein Gedanke durch den Kopf, genau der gegenteilige vom Sommer davor: Vielleicht hatte ich mir das alles doch nicht eingebildet, vielleicht war ich doch nicht selbst schuld an meinem Zustand, vielleicht war ich wirklich krank und nun auf dem Weg der Besserung. Was für eine befreiende Erkenntnis!

Als ich aus dem Donauspital entlassen wurde, fehlte noch eine Woche bis Schulschluss. Ich meldete mich nicht mehr krank, sondern ging zu Sitzungen und Besprechungen, wie ich es früher getan hatte. Ich hielt es nun wieder aus, unter Menschen zu sein, von Mal zu Mal besser. Am Tag vor der Zeugnisverteilung fand ein Sommerfest in meiner Schule statt – eine sehr nette Gelegenheit, das Schuljahr ausklingen zu lassen und ein wenig zu feiern. Die Kochlehrkräfte bereiteten ein Buffet vor und holten sich wie jedes Jahr zum Schulschluss Unterstützung aus dem Team der Theorielehrkräfte.

Ich hatte eigentlich vor, mich dieses Jahr nicht zu beteiligen. Aber dann rief mich ein Kollege, der Kochlehrer ist, an und lud mich ein, mitzumachen. Er sagte einen ausschlaggebenden Satz zu mir, über den ich staunte, der mir aber sehr viel bedeutete: *Julia, du musst mitmachen! Du bist wichtig!* So hatte ich das ja noch gar nicht gesehen. Ich war gerührt und so beschloss ich, mitzukochen. Das Kochteam hatte sehr viel Spaß, ich konnte lachen, Witze machen, ausgelassen sein. Ein Jahr lang war das undenkbar für mich gewesen. Dementsprechend beschwingt startete ich in die Sommerferien. Ich hatte einiges vor: Einerseits musste ich den Umzug stemmen und andererseits hatte ich um eine Reha in Wien angesucht und hoffte, dass ich über die Warteliste einen Platz in den Sommerferien bekommen würde.

Die dritte Wende

Ich war gerade mitten in den Vorbereitungen für den Umzug, es war Anfang Juli, als ich den Anruf bekam: Mir wurde ein Reha-Platz angeboten und ich durfte bereits Anfang der nächsten Woche starten. Ich konnte mein Glück nicht fassen! Es kam alles zur rechten Zeit. Nach dem Ende der Reha würde ich noch 2 Wochen Zeit bis zum Schulbeginn haben. Ich sagte sofort zu.

Ich startete mit Vorfreude in die Reha, mit einer ganz anderen Einstellung als bei meinem ersten Versuch im Herbst. Und meine Erwartungen wurden in jeglicher Hinsicht weit übertroffen! Sehr positiv war, dass ich gleich zu Beginn Rita kennenlernte, die mit mir in dieselbe Gruppe kam. Wir verstanden uns auf Anhieb und integrierten uns gut in die Gruppe. Elin und Chiara waren bereits in ihrer fünften Reha-Woche, als ich dazustieß, und wir schlossen sofort Freundschaft.

Ich war wie elektrisiert von den Gesprächen mit den MitpatientInnen, die sich in den Pausen, aber auch während der Gruppentherapien abspielten. Es war eine ganz neue Erfahrung: Wenn ich von meinen Selbstmordgedanken erzählte, wurde ich uneingeschränkt verstanden. Ich konnte und durfte dort alle meine vermeintlich unaussprechlichen Gedanken aussprechen, denn meine MitpatientInnen hatten einen ganz anderen Zugang zum Thema als die „gesunden" Menschen in meinem Umfeld.

Positiv war auch, dass ich sie mit meinen Erzählungen nicht belastete, wie es bei meinen Freundinnen und bei meiner Familie der Fall war. Es war ein Austausch unter Menschen, die ähnliche Erfahrungen gemacht hatten. Ich musste mich nicht schämen zu erzählen, dass ich lange Zeit während meiner Depression mit der Körperhygiene oder der Zahnhygiene Schwierigkeiten gehabt hatte. Das kannten so viele! Diese Feststellung ließ mich aufatmen.

Immer wieder kam es vor, dass jemand aus der Gruppe etwas erzählte und ich mir dachte: *Das kenne ich auch!* Zum Beispiel erwähnte einmal ein Mitpatient, dass er das U-Bahnfahren nicht aushalte, weil er das Gefühl habe, man könne ihm an seiner Stirn die Gedanken ablesen. Genau so war es mir im letzten Jahr ergangen, unfassbar! Ich erkannte, dass mein Empfinden, meine Gedanken und mein Verhalten gar nicht so einzigartig waren, wie ich lange Zeit gedacht hatte, sondern dass es schlicht und einfach typische Symptome einer Depression waren, die viele, viele Menschen kannten.

In den Gruppentherapien lernte ich sehr viel über psychische Erkrankungen, allen voran über die depressive Symptomatik. Ich sog gierig alles in mich auf und wurde so zur Expertin meiner eigenen Empfindungen. Ich lernte auch Strategien kennen, um mir selbst zu helfen, falls die Depression wieder einmal anklopfen sollte. Ich wurde in jeder Hinsicht gestärkt und ermutigt, zu meinen Emotionen zu stehen.

Mir wurde bewusst, dass ich in diesem Bereich noch sehr viel zu lernen hatte. Ich hatte mich lange Zeit geweigert, mich mit meinen Bedürfnissen und Emotionen wirklich auseinanderzusetzen. Ich hatte mich über herbe Enttäuschungen in der Liebe mit Arbeit hinweggetröstet, anstatt mich mit meinen Gefühlen wirklich zu beschäftigen. So hatte ich eine wichtige Quelle der Energie, denn meine Arbeit habe ich immer als sehr erfüllend betrachtet, in eine Quelle der Überforderung verwandelt.

Außerdem hatte ich gelernt, Anerkennung nur mit dem Leistungsprinzip zu verknüpfen. Ich dachte, ich müsste mehr arbeiten als alle anderen, mehr leisten, mehr schaffen, um anerkannt zu werden. Ich wollte mir um jeden Preis in meinem Berufsleben die Wertschätzung holen, die mir beispielsweise in meinen Beziehungen mit Männern immer verwehrt geblieben war. Dass ich als Mensch an sich liebenswert wäre und nicht ständig mir und der Welt etwas beweisen müsste, dieser Gedanke war mir bislang nicht gekommen.

In der Reha wurde mir durch meine GruppenkollegInnen und auch durch die MitarbeiterInnen der Einrichtung so viel Wertschätzung zuteil, dass ich langsam anfing zu glauben, dass ich das auch verdiente. Meine TherapeutInnen waren mit meinen Fortschritten sehr zufrieden und auch ich merkte zunehmend, wie ich stärker wurde und wie sich wieder Lebensfreude und positive Gefühle in mir ausbreiteten.

Ich hatte zum Beispiel plötzlich wieder Freude am Lesen und an Unternehmungen mit Freundinnen. Jeden Tag entdeckte ich etwas, was ich wieder mit Leichtigkeit und Genuss tun konnte. Es war, als ob ich alles neu lernen und neu erforschen würde. Ein unglaublich beglückendes Gefühl! Ich entdeckte sogar neue Interessen und Begabungen, fing an zu malen und Gedichte zu schreiben. Ich stellte fest, dass es unglaublich schön war, nicht immer nur zu funktionieren, sondern ab und zu Dinge zu tun, die keinem Zweck dienten, sondern einfach nur Freude bereiteten.

Ich lernte die Bedeutung von Selbstfürsorge und behandelte mich selbst ab sofort viel freundlicher und liebevoller, so wie ich eine gute Freundin behandeln würde. So kam es auch, dass ich nach und nach meine eigenen Bedürfnisse immer stärker wahrnehmen konnte und dass ich mich nicht mehr wehrte, zu ihnen zu stehen. Das betraf vor allem meine Beziehung zu Ernst. Seit Anfang Juni war er untergetaucht, was er schon zwei Jahre zuvor getan hatte. Nur diesmal wollte ich ihn nicht so leicht davonkommen lassen.

Das erste Mal stellte ich ihn kurz vor dem Reha-Beginn zur Rede. Ich fragte ihn – wie schon einige Male davor – direkt, ob er überhaupt noch Interesse habe, diese Beziehung weiterzuführen, da er auf alle meine Versuche im Juni, ihn zu treffen, mit Ablehnung reagiert hatte. Er schob alles auf den Stress, den er im Moment hatte. Er arbeitete gerade auswärts auf einer Baustelle und hatte enormen Zeitdruck. Daher war er nur selten in Wien, meistens nur einen Tag pro Woche.

Ich fand, dass er trotzdem mal zwischendurch hätte fragen können, wie es mir gehe, ob ich schon entlassen worden sei, wie es mit meinem Umzug laufe etc. Ernst kündigte mir an, dass ein Ende der stressigen Zeit in Sicht sei. Anfang August würde er wieder mehr Zeit haben. Ich beschloss, das noch abzuwarten, und bat ihn darum, mehr mit mir zu kommunizieren, um diese Zeit zu überbrücken.

In der Folge ging es genauso weiter wie zuvor. Ernst meldete sich von sich aus kein einziges Mal. Ab und zu nahm ich Kontakt zu ihm auf, etwa ein bis zwei Mal pro Woche, weil ich Sehnsucht nach ihm hatte. Er hatte mir in unserem Gespräch Anfang Juli vorgehalten, dass ich ihn aus meinem Leben ausgeschlossen hätte, weil ich ihm meine Selbstmordgedanken nicht mitgeteilt hätte. Er sei wie aus allen Wolken gefallen, als ich ihm von meinem zweiten Selbstmordversuch erzählt hatte. Darüber machte ich mir Gedanken und auch über seinen Vorwurf, dass ich über meine Probleme nicht mit ihm sprechen würde. Ich dachte zwar insgeheim: *Wie denn? Du hebst ja nicht ab oder schreibst zurück!* Dennoch beschloss ich, mutiger zu sein und ihm öfter zu schreiben, wie ich mich fühlte. Vielleicht würde das unsere Kommunikation verbessern.

Am Geburtstag meines Vaters war ich sehr traurig und erzählte Ernst in einer SMS davon. Ich erhielt nie eine Antwort, weshalb ich ihm natürlich Vorwürfe machte. Er antwortete nur kurz angebunden: *Sorry, bin gerade überfordert.* Damit konnte ich mich nicht wirklich zufriedengeben. Ende Juli sahen wir uns wieder. Ernst half mir, vor der Wohnungsübergabe ein paar Löcher in der alten Wohnung zu verspachteln.

Dann fuhren wir gemeinsam in meine neue Wohnung. Ich konfrontierte ihn erneut damit, dass ich das Bedürfnis nach mehr Kommunikation hatte. Das Hauptproblem für mich war nicht, dass wir uns so lange nicht sahen, denn ich war in der Reha sehr beschäftigt und abends oft unterwegs. Ich litt unter seinem hartnäckigen Schweigen und seiner Kommunikationsverweigerung. Er tat so, als sei es nicht zumutbar, dass er auf meine Nachrichten zeitnah antwortete. Ich ging aber davon aus, dass er täglich zumindest einmal auf sein Handy sah, da er selbstständig war und irgendwie erfahren musste, ob er neue Aufträge hatte.

Ich sagte ihm klipp und klar: *Ich halte es nicht mehr aus, wenn es zwischen uns so weitergeht. Ich möchte, dass du mir auf eine Nachricht am selben Tag antwortest.* Ernst gab sich verständnisvoll, wie jedes Mal, wenn wir uns sahen und über die seit zweieinhalb Jahren unveränderte Problematik sprachen. Er sagte, dass er mein Anliegen verstehe, und entschuldigte sich. Am Tag danach tauchte er wieder ab. Genau einmal erhielt ich in der Folge eine Antwort auf eine Nachricht von mir am selben Tag, dann war alles wieder beim Alten.

Ich gab noch immer nicht auf und versuchte es weiter. Einmal schrieb ich ihm etwas Romantisches, nämlich, dass ich Sehnsucht nach ihm hätte. Keine Antwort. Dann war der August da und ich wollte wissen, wann ich ihn wiedersehen würde. Er hatte ja angekündigt, dass er im August wieder mehr Zeit haben werde. Wieder keine Antwort. Ich wurde ungeduldig. Ich wollte mich gerne nach ihm richten und mir den Tag freihalten, an dem er in Wien war, damit ich ihn sehen konnte. Er gab mir aber absolut keinen Anhaltspunkt und so wusste ich langsam nicht mehr, wie ich mich verhalten sollte.

Ich unternahm einen letzten Versuch. Am Mittwoch in meiner fünften Reha-Woche schrieb ich ihm folgende Nachricht: *Wie hoch ist denn die Wahrscheinlichkeit, dass ich dich diese Woche noch sehe? Oder geht es erst nächste Woche? Bist du am Wochenende da oder soll ich mir was ausmachen? Gib mir bitte irgendeinen Anhaltspunkt. Diese Ungewissheit ist schwierig. Auch wenn du es noch nicht 100%ig sicher weißt, bitte kommuniziere mit mir. Dann hab' ich weniger das Gefühl, dass du mich komplett vergessen hast.*

Vorsichtig und gleichzeitig deutlicher konnte man es wirklich nicht mehr formulieren. Am Donnerstag hatte ich – wenig überraschend – immer noch keine Antwort. Ich fuhr in die Reha und merkte, wie plötzlich eine unsägliche Wut in mir aufstieg. Die ewige Warterei machte mich unendlich nervös, ich hatte Herzrasen, schlief schlecht und wurde von Magenschmerzen gequält. Da brach plötzlich alles aus mir heraus und ich fühlte zum ersten Mal seit einem Jahr Tränen in mir aufsteigen. Ein Durchbruch! Ich suchte Trost bei einer der Schwestern in der Reha, die mich darin bestärkte, auf meine Bedürfnisse zu achten.

Meine Gruppenmitglieder taten dasselbe und so beschloss ich, noch am selben Tag mit Ernst per SMS Schluss zu machen. Eine andere Wahl hatte ich nicht, da er sich ja weigerte, mir mitzuteilen, wann er wieder in Wien sei. Auch auf diese SMS erhielt ich keine Antwort, was mir bewies, dass ich die richtige Entscheidung getroffen hatte. Am Freitagabend schrieb ich ihm in einer Nachricht zum Abschied alles, was ich ihm gerne mündlich mitgeteilt hätte. Es wurde ein sehr langer Text, der aber unmissverständlich klarstellte, dass ich mit ihm abgeschlossen hatte. Erst am Montagabend erhielt ich eine mickrige Antwort, in der Ernst auf praktisch nichts einging, was ich geschrieben hatte. Er war eben so mit sich selbst beschäftigt, dass es keinen Platz für mich in seinem Leben gab. Nun war die Sache für mich erledigt und ich war endlich befreit!

Meine Wut und Enttäuschung lebte ich in den nächsten Tagen in Gedichten und mit der Malerei aus. Ich versuchte nicht mehr und werde auch in Zukunft nicht mehr versuchen, meine Wut zu unterdrücken, auch wenn sie zwischenmenschlich durchaus problematisch sein kann, denn ich habe gelernt, dass sie mir etwas Wesentliches mitteilt: dass meine Bedürfnisse ebenfalls zählen und dass ich mich nicht immer und in allem nach anderen Menschen richten muss. Wut ist eine ermächtigende Kraft und ich werde sie nicht mehr ignorieren, sondern in etwas Positives umwandeln und dennoch ernst nehmen und meine Schlüsse aus ihr ziehen. Ich darf und muss gut für mich sorgen, denn ich muss vor allem mit mir selbst leben!

Nun sind die sechs Wochen Reha vorbei. In zwei Wochen beginnt die Schule und ich freue mich schon darauf. Ich hoffe sehr, dass mich die Erfahrungen während des letzten Jahres zu einer besseren Lehrerin und einer stärkeren Persönlichkeit gemacht haben.

Ich bin zuversichtlich.

Danksagung

Dass dieses Buch entstehen konnte und dass ich wieder Freude am Leben empfinde, kommt mir heute wie ein Wunder vor. Dieses Wunder habe ich einer Reihe von Menschen zu verdanken, die mich auf meinem Weg begleitet haben.

Ich danke meiner Familie, meiner Mutter, meiner Schwester und meinem Bruder, für den unerschütterlichen emotionalen Halt, den sie mir in der schwersten Krise meines Lebens gegeben haben. Ohne euch hätte ich nicht die Kraft gehabt weiterzumachen!

Außerdem danke ich meinen unersetzlichen, geliebten Freundinnen dafür, dass sie mir im wahrsten Sinne des Wortes mehrmals das Leben gerettet und mich auf meinem Weg aus der Depression so entschlossen unterstützt haben. Ihr habt immer an mich geglaubt!

Insbesondere möchte ich meinen Verbündeten S. und Z. danken, mit denen ich in nur wenigen Monaten so viele intensive Momente erlebt habe. Ihr gebt mir Hoffnung und seid eine Quelle der Inspiration!

Dass die Rückkehr in mein privates und berufliches Leben geglückt ist, verdanke ich vor allem dem Pflege- und Ärztepersonal auf Station 28 des Donauspitals Wien, speziell meinem sehr vorausschauend agierenden Arzt Dr. G. Sie waren mein Sicherheitsnetz in einer Zeit der Ungewissheit!

Besonderer Dank gebührt auch meiner Therapeutin, die mich erst ermutigt hat, meine Geschichte einem Verlag anzubieten. Sie haben mir das Vertrauen, das ich verloren hatte, zurückgegeben!

Zuletzt danke ich Viktoria Pultz und dem novum Verlag für die aufregende Chance, einen Kindheitstraum wahr werden zu lassen.

novum — VERLAG FÜR NEUAUTOREN

Bewerten Sie dieses Buch auf unserer Homepage!

www.novumverlag.com

Die Autorin

Julia Kraft, geboren 1983, wuchs im Burgenland auf, bevor sie mit 18 Jahren zum Studium nach Wien zog. Dort entschied sie, zu bleiben, und ergriff 2010 ihren Traumberuf seit Kindheitstagen als Lehrerin an einer Berufsbildenden Mittleren und Höheren Schule (BMHS).

Sie hat bereits ein Werk als Übersetzerin veröffentlicht und schreibt Gedichte.

Julia hat eine große Leidenschaft für Italien, wo sie ein Auslandsjahr verbracht hat, engagiert sich für feministische Themen und verfolgt eine Vielzahl kreativer und aktiver Hobbies, insbesondere Lesen, Stricken, Laufen, Malen und Theater.

novum VERLAG FÜR NEUAUTOREN

Der Verlag

„ *Wer aufhört besser zu werden, hat aufgehört gut zu sein!*

Basierend auf diesem Motto ist es dem novum Verlag ein Anliegen, neue Manuskripte aufzuspüren, zu veröffentlichen und deren Autoren langfristig zu fördern. Mittlerweile gilt der 1997 gegründete und mehrfach prämierte Verlag als Spezialist für Neuautoren in Deutschland, Österreich und der Schweiz.

Für jedes neue Manuskript wird innerhalb weniger Wochen eine kostenfreie, unverbindliche Lektorats-Prüfung erstellt.

Weitere Informationen zum Verlag und seinen Büchern finden Sie im Internet unter:

www.novumverlag.com